Dennis Rohling

Lady Bedfort 112
Familienbande

GREENSKULL ENTERTAINMENT
Inhaber: Dennis Rohling
Alte Straße 1
49176 Hilter am Teutoburger Wald
05409 9069180
www.greenskull-entertainment.de
kontakt@greenskull-entertainment.de

Lektorat: Michael Eickhorst & Verena Rohling

1. Auflage
Veröffentlichung: 01.05.2019
ISBN: 9781096385707

Kapitel 1

Für Mitte Mai war es ungewöhnlich frisch.

Dennoch trug der Mann auf der Veranda keine Jacke. Sein weißes Hemd, die schwarze Anzughose und die Weste, deren Muster an gezackte Blitze erinnerte, wirkten nicht, als ob sie zum Wärmen gedacht waren. Sie vermittelten eher, dass der Träger von einem Sektempfang kam.

Der Mann schaute mit zusammengekniffenen Augen aufs Meer hinaus und schnippte Asche von seiner Zigarette in den Vorgarten. Er war in Gedanken versunken. Darum fiel ihm nicht mal auf, dass hinter ihm eine Frau aus der Haustür auf die Veranda getreten war.

»Hier steckst du. Was machst du denn?«, fragte sie ihn mit einer Spur Verärgerung in der Stimme.

Der Mann drehte sich nicht um. Nur seine Pupillen reagierten. Sie zogen sich in einer fließenden Bewegung zusammen und ließen den Blick des Mannes noch unheimlicher wirken. »Wonach sieht es denn aus, hm?«, erwiderte er spitz. Zur Verdeutlichung nahm er einen tiefen Lungenzug und blies den bläulichen Rauch mit gespitzten Lippen kraftvoll nach rechts über seine Schulter.

Die Frau kam zu ihm und stellte sich neben ihn an das Verandageländer. »Du wolltest mir doch beim Ausräumen helfen. Sag jetzt nicht, dass dich deine Gefühle eingeholt haben und du mich mit der Arbeit alleine lässt.«

Der Mann lachte auf. »Das einzige Gefühl, das mich eingeholt hat, ist grenzenlose Wut. Darauf, dass der alte Penner so eine gottverdammte Messie-Wohnung hinterlässt. Ich hätte nicht übel Lust, ihn wieder auszubuddeln und ihm seine Fresse zu polieren.«

»Bitte!«, sagte sie resolut. »Spar dir diese Sprüche wenigstens heute, ja? Dass Onkel Archibald dir egal war, mag ja sein. Aber ich habe ihn geliebt.«

Er drehte den Kopf und sah sie an. Dann legte er seinen linken Arm um ihre Schulter und blickte wieder aufs Meer. »Wer sagt denn, dass Arch mir egal war? Sei nicht so selbstgerecht, Schwesterherz, das steht dir nicht.«

»Dir denn?«, fragte sie.

»Was für eine Frage… Mir steht alles. Außer Cord. Wobei, wahrscheinlich selbst der. Und jetzt hör auf, so trübsinnig zu sein. Er war 97, da darf man sterben. Und du hast ihn doch seit Jahren nicht mehr besucht, warum steigerst du dich jetzt so in eine künstliche Trauer rein?«

Sie hatte keine Lust, sich weiter mit ihm auseinanderzusetzen, denn sie kannte ihren Bruder nur zu gut: Es hatte keinen Sinn. Er war zu 100 Prozent von sich selbst überzeugt und hatte im selben Moment absolut keine Skrupel, allen anderen um ihn herum alle Selbstüberzeugungen abzusprechen. Wie oft hatte sie seine Egomanie genervt. Und seit Längerem war sie nicht mal mehr sicher, ob sie ihm mit dem Label Egomanie nicht noch schmeicheln würde.

Nach einer Weile redeten sie über den verstorbenen Onkel und lange zurückliegende Ereignisse.

»Kannst du dich noch erinnern, dass er uns damals im Garten die Schaukel gebaut hat?«, fragte Allistair.

Clara hatte es zwar nicht vergessen, aber es wäre ihr wohl von alleine auch nie wieder eingefallen. »Oh Gott, natürlich. Wir hatten damals monatelang gequengelt, weil wir so etwas unbedingt haben wollten. Aber Dad war natürlich nicht davon zu überzeugen.«

»Genau. Und dann kam eines Tages Onkel Archibald mit einem Brett und zwei dicken Hanfseilen und hat das Ding bei uns im Garten angebracht.«

Wie so oft, war sie beinahe beeindruckt, wie schnell Allistair die Stimmung, die ihn umgab, wechseln konnte. Nach zwei Sätzen vergaß man, dass er gerade eben noch ein unausstehlicher Kerl gewesen war.

Lady Bedfort hatte auf einmal wieder alle Bilder von damals vor Augen. Wie ihr Vater eine Stunde lang neben Archibald im Garten gewesen war. Nicht, um ihm beim Anbringen der selbstgebauten Schaukel zu helfen, sondern um ihm Vorwürfe zu machen. Was ihr Onkel zuerst mit stoischer Ruhe hinnahm.

»Und dann«, sagte Allistair mit einem erfreuten Funkeln in den Augen, »hat er unseren dämlichen Vater anscheinend ziemlich treffsicher angeschnauzt.«

»Ja, richtig. Das hatte Vater so erschreckt, dass er augenblicklich ins Haus rannte und nie wieder mit Onkel Archibald geredet hat.«

Clara knuffte ihren Bruder Allistair in die Seite. »Komm, wir können heute Abend noch lange genug in Erinnerungen schwelgen. Jetzt müssen wir erst einmal weitermachen mit dem Entrümpeln. Die Firma tauscht in drei Stunden den Container aus.«

Die beiden verschwanden wieder in dem Haus, das auf der Landzunge namens *Land's End* erbaut worden war. Archibald Milgram hatte es erst im stolzen Alter von 79 Jahren erworben, nachdem er in den Ruhestand gegangen war.

Clara hatte ihren Onkel immer dafür bewundert, dass er so viele Jahre freiwillig weitergearbeitet hatte. Da Milgram nie verheiratet gewesen war, hatte er keine Notwendigkeit darin gesehen, in Pension zu gehen. Er machte selten Urlaub, lebte eher asketisch und gönnte sich wenig. Und wie man nun in seinem Haus sah, kompensierte er all das mit einer krankhaften Sammelwut. Konnte man bei den unzähligen Zeitungsstapeln noch wohlwollend annehmen, dass Archibald Milgram sich genau wie Clara an einem umfangreichen Zeitungsarchiv versucht hatte, fiel es schon deutlich schwerer, die ebenfalls überall herumstehenden Stapel leerer Umverpackungen und sonstiger Kartons mit irgendeinem sinnvollen Grund zu verknüpfen. Wieso sollte man hunderte leere Pakete und Umverpackungen archivieren? Wahrscheinlich hatte Allistair recht: Onkel Archibald war zumindest in den letzten Jahren zu einem Messie geworden.

»Meine Güte!«, nörgelte Allistair, als er sich seinen Weg durch das Chaos im Hausflur des Erdgeschosses bahnte. »Wir werden hier wenigstens nicht auf Ratten und anderes Ungeziefer treffen. Das ist nämlich selbst denen zu dreckig hier, wetten?!«

Clara schmunzelte, aber gleich darauf fragte sie sich, ob das eigentlich wirklich lustig war. »Kannst du dir vielleicht in der Garage einen Überblick verschaffen? Dann gehe ich schonmal in den ersten Stock.«

Allistair war einverstanden und kämpfte sich weiter vor zum Ende des Flurs, wo eine Tür zu erahnen war, die wohl in die Garage führte. Da sie allerdings nach innen aufging, musste er erst einmal weitere Stapel aufgeschichteter Kartons beiseite schaffen.

»Ach du meine Güte«, hörte er Clara im ersten Stock ausrufen.

»Ich will's gar nicht wissen!«, rief er und trat wütend den letzten noch im Weg stehenden Karton aus dem Weg. Er konnte nur hoffen, dass hinter dieser Tür wirklich die Garage lag, denn beim Freiräumen musste er sämtliche Gegenstände in den Bereich des Flurs stellen, durch den er gerade gekommen war.

Im ersten Stock fragte Clara sich, wo ihr Onkel eigentlich gelebt hatte. Sie konnte sich nicht mal ansatzweise vorstellen, wo man sich hier noch zum Schlafen hatte hinlegen können. Alle Räume waren bis unter die Decke vollgestopft mit unnützem Kram, den andere Menschen als Müll bezeichnet hätten. Und mehr als einmal musste Clara erst einige Zeit in einem Raum herumwühlen, um überhaupt irgendwelche Gegenstände am Boden auszumachen, die Aufschluss darüber gaben, ob das früher mal ein Schlaf-, Wohn- oder Arbeitszimmer gewesen sein mochte.

Allistair war es tatsächlich gelungen, in die Garage zu kommen. Auch sie war gefühlt bis auf den letzten Inch vollgestopft mit Zeug. Als ihm ein Bezinkanister in die Hände fiel, dachte er mehr als nur einen kurzen Augenblick lang darüber nach, die verdammte Drecksbude einfach niederzubrennen. Aber schlussendlich ließ er von diesem Vorhaben wieder ab. Wenn auch nur, weil der Kanister leer war.

Umständlich kletterte Allistair über die Berge aus Kartons und anderen sperrigen Dingen, bis er endlich am Garagentor angekommen war und es öffnete. Dann trat er minutenlang zornesrot diverse Gegenstände aus der Garage und steigerte sich dabei in einen regelrechten Wutrausch hinein.

Über ihm öffnete sich ein Fenster. »Was machst du denn da?«, rief Clara beunruhigt.

»Ich sortiere, Clara. Das ist einfach nur sortieren!«

»Bitte, Allistair! Du musst schauen, dass nichts wegkommt, das von Wert ist. Versprich mir das.«

»Hier ist aber nichts von Wert. Nur Müll, Schrott und Scheißdreck!«, schrie Claras Bruder und trat mit aller Kraft gegen einen Stapel aus Plastikkisten, der rechts am Eingang der Garage stand. Der Stapel wackelte bedrohlich, und viel zu spät bemerkte Allistair, dass eine massive Eisenstange auf der obersten Kiste gelegen hatte. Durch die Wucht des Fußtritts war sie nach vorne gerutscht und fiel nun herunter. Sie traf den Mann mit voller Wucht am Hinterkopf.

Nach einer Weile kam Clara aus dem Haus. »Allistair? Wo steckst du?« Sie ging von der Veranda herunter. Als sie auf der letzten Stufe war, sah sie bereits seine Beine.

»Um Gottes Willen!«, stieß sie hervor und eilte zu ihm.

Allistair war bewusstlos. Sein Hinterkopf blutete stark.

Clara rannte zurück zur Veranda, wo sie ihren Mantel auf eine Bank gelegt hatte, um ihr Mobiltelefon zu holen. Als sie wieder bei Allistair war, verständigte sie den Notarzt. Im Anschluss wickelte sie ihren Mantel zu einem Polster zusammen und legte ihm dieses unter den Nacken, um seinen Kopf etwas vom Boden zu heben. In diesem Moment zuckte Allistair und kam wieder zu sich.

»Was… was ist los?«, stammelte er benommen.

»Ganz ruhig. Es sieht so aus, als ob dir die Stange auf den Kopf gefallen ist. Ich habe bereits den Notarzt informiert. Geht es dir denn abgesehen von der Platzwunde gut?«

Claras Bruder schien nachzudenken. Seine Stirn legte sich in Falten.

»Allistair?«, fragte sie ihn, als er nicht antwortete. »Allistair?!«

Er schien aus seinen Gedanken gerissen und blickte sie fragend an. »Wer ist Allistair? Und wer sind Sie?«

Kapitel 2

Inspektor Gomery stand auf dem Parkplatz vor dem Polizeirevier in Marbles Cove und schaute in den Kofferraum vor sich. »Und du bist sicher, dass du nur zwei Tage weg bist? Das wirkt ja eher, als ob du auswanderst.«

Miller lachte. »Da hast du recht. Aber es kommt nun mal einiges zusammen, wenn man angeln will.« Als er die Kofferraumklappe beschwingt zuschmiss und dabei unbeabsichtigt eine herausschauende Angelrute zerschmetterte, lachte er nicht mehr.

»Peng, da war es eine weniger, alter Optimierer«, fasste Gomery das Geschehen souverän zynisch zusammen.

»Oh, nein! Das ist natürlich Mist jetzt«, jammerte Miller, während er den Kofferraum noch einmal öffnete, um die kaputte Rute herauszunehmen. »Die Angel hat mir Mr. Eastman zu Weihnachten geschenkt. Hoffentlich fragt er mich nicht demnächst, ob ich sie schon ausprobiert habe.«

»Dann sagst du einfach *Nein* und fertig. Entspricht ja sogar der Wahrheit.«

Miller drückte seinem Kollegen die Überreste der Angel in die Hand und schaute ihn tadelnd an. »Mach dich bitte nützlich und schmeiß sie wenigstens weg, okay? Ich muss los, sonst komme ich zu spät. Und falls irgendwas ist…«

»…dann erreiche ich dich auf dem Mobiltelefon, schon klar«, sprang Gomery dazwischen.

Miller lachte, während er zur Fahrertür ging. »Falsch! Das habe ich nämlich aus. Und das lasse ich auch aus, denn ich möchte meinen Angelausflug nicht durch irgendwelche Kriminalfälle oder sonstige Sachen stören lassen.«

»Und was ist, wenn hier die Hütte brennt?«, fragte Gomery ehrlich beunruhigt.

»Dann rufst du die Feuerwehr. Und wenn es nur im übertragenen Sinne brennt: Ruf in Truro an, die schicken jemanden. Ich will endlich mal Ruhe haben. Übermorgen hast du mich ja wieder. Also, bis dann.« Mit diesen Worten stieg er ein, startete den Motor und fuhr vom Parkplatz. Als er mit dem Wagen auf die Straße bog, fiel die Tasche mit dem Reiseproviant herunter, die er auf dem Autodach vergessen hatte.

Gomery hoffte, dass es ihm nicht aufgefallen war, denn dann hätte er gleich einen schönen Snack, da Miller als Meister der leckeren Lunchpakete galt.

Nach einer kurzen Zeit stand fest, dass Miller es *nicht* gemerkt hatte. Er ging zur Straße. Da kam Mrs. Hawk auf ihn zu. »Guten Tag«, rief er der alten Dame zu.

»Wie?«, krächzte die alte Eule schwerhörig zurück, als sie an Gomery vorbeiging.

»Ich sagte *Guten Tag*!«, brüllte der Inspektor.

Die alte Frau zuckte zusammen und schlug ihn mit ihrer Handtasche. »Das ist ja eine Unverschämtheit, mich so anzubrüllen, junger Mann! Ich bin doch nicht taub.«

Gomery, der aufgrund der Handtaschenattacke völlig perplex war, legte die Stirn in Falten. »Ähh, hab ich doch auch gar nicht behauptet!«

»Wie?«, stieß Mrs. Hawk nun wieder hervor und schlurfte schwerfällig weiter. Beim Weggehen wühlte sie in ihrer Handtasche. »Oh nein, jetzt ist mein Kuchen zerbröselt. Er war wohl zu trocken.«

Erst jetzt fiel Gomery auf, dass die alte Dame ihren albern plüschigen Nerzmantel verkehrt herum angezogen hatte: Das Innenfutter war nach außen gestülpt. *Blöder als sonst sieht das aber auch nicht aus,* dachte der Inspektor grummelig, als er sich wieder dem Lunchpaket auf der Straße zuwendete. In diesem Moment fuhr der Müllwagen mit der unnachgiebigen Breitseite des kompletten linken Vorderreifens über Millers Tasche.

»Guten Tag, Inspektor«, rief ihm Thomas Lewis, der Fahrer des Müllwagens, aus dem Fahrerhaus zu.

»Ja, Scheiße is'!«, bellte Gomery. »Was ist denn an diesem Tag gut?«

»Wie?«, hörte er Mrs. Hawk in weiter Ferne fragen.

Genervt trat er den Rückzug an und ging ins Polizeirevier. Dort pfefferte er als erste Amtshandlung die kaputte Angel in die Mülltonne.

Da er im Kühlschrank nichts Gescheites fand, stellte er einen kleinen Topf mit Wasser auf die mobile Herdplatte in dem kleinen Küchenraum und machte sich Nudeln. Als er nach ein paar Minuten das Glas mit der Nudelsoße aus dem Regal hinter sich nehmen wollte, griff er ins Leere. »Danke fürs Nachkaufen, Sam«, rief er in Richtung Büro.

Fünf Minuten später saß er völlig frustriert hinter seinem Schreibtisch und schaufelte trockene Nudeln in sich hinein - die zu allem Überfluss auch noch ungesalzen waren, weil er vergessen hatte, das Nudelwasser zu würzen. Für einen kurzen Augenblick spielte er mit dem Gedanken, doch noch das zermatschte Fresspaket von der Straße zu kratzen. Schlechter als seine Nudeln hätte es nicht sein können. Aber er ließ von dieser Überlegung schnell wieder ab, da er befürchten musste, ein weiteres Mal der alten Schachtel Mrs. Hawk über den

Weg zu laufen. *Dann doch lieber trockene Nudeln*, das stand fest!

Als er den letzten Löffel des nicht wirklich köstlichen Hartweizengriesproduktes heruntergewürgt hatte, spülte er mit dem Rest aus der Rotweinflasche nach. So traurig es war, aber es war das einzige Getränk gewesen, dass er im Revier gefunden hatte. Abgesehen von dem Leitungswasser, aber davor ekelte er sich, zumindest, wenn er es pur trinken sollte.

Als das Telefon klingelte und er nach dem Hörer greifen wollte, merkte er erst so richtig, wie betrunken er war. *Echt? Von nur einer Flasche Wein?*, grübelte er beim zweiten Versuch, den Hörer zu erwischen. »Polizeirevier Marbles Cove, Gomery?«

»Hallo, John. Hier ist Matt.«

Gomery setzte sich auf. »McBrian, hallo. Ist alles okay bei Ihnen?«

»Alles bestens, danke. Bei Ihnen hoffentlich auch«, sagte der Inspektor aus Manchester, der vor einigen Jahren mit John Gomery zusammen im Polizeirevier von Broughton gearbeitet hatte. »Sagen Sie, ich versuche schon seit einer Stunde Sam zu erreichen. Aber sein Telefon ist aus.«

»Richtig. Er hat es abgestellt, um nicht bei seinem Angelausflug mit Ihnen gestört zu werden.«

McBrian sagte nichts.

»Ist es denn dringend? Sonst können Sie es ihm ja persönlich sagen, wenn Sie in Apperley ankommen. Er müsste gegen vier Uhr da sein, wenn er in keinen Stau gerät.«

»Das ist schlecht. Ich kann nämlich nicht kommen. Ich habe einen Fall an der Backe, den ich nicht delegiert bekommen habe.«

Gomery dachte nach. »Oh nein! Das ist ja *völliger* Mist! Dann fährt er ja ganz umsonst über die halbe Insel.«

McBrian seufzte. »Das ist aber auch eine blöde Idee, sein Telefon auszuschalten. Gerade bei solchen Touren.«

Gomery gab ihm recht, konnte darüber hinaus aber leider nicht viel ausrichten. Er versprach McBrian, dass er Miller informieren würde.

»Sagen Sie, John, kommt es mir nur so vor oder lallen Sie heute ein wenig?«

Der Inspektor hatte nicht die geringste Lust, McBrian die traurige Geschichte von den trockenen Nudeln und dem Rotwein zu erzählen, darum kam er zum Ende. »Ich muss auflegen, Matt. Funkloch!«

»Aber ist das nicht Festne…«, hörte er es noch aus dem Hörer fragen, während er ihn in Richtung Gabel schmiss - und sie verfehlte, sodass der Hörer laut polternd auf den Boden fiel. Mit einem ungelenken Satz wippte Gomery nach vorne und drückte die

Telefongabel mit der Hand herunter, um die Verbindung zu unterbrechen.

»Scheißtag!«

Kapitel 3

Lady Bedfort schaute aus dem Fenster des Krankenzimmers. Sie hatte eigentlich schon seit Längerem von Krankenhäusern die Nase voll gehabt.

Angefangen hatte es mit ihrer Krebsbehandlung im letzten Jahr, die zum Glück gut verlaufen war. Kurz nach Weihnachten verstarb ihr guter Freund Thomas Portman im Krankenhaus. Dann das Drama um mich auf meiner nachgeholten Hochzeitsfeier, als ich mit dem Verdacht auf einen Herzinfarkt in die Klinik kam. Und es war noch gar nicht lange her, da kam es bei der Geburt meiner Kinder zu Komplikationen und meine Frau erlitt einen Schlaganfall, der auch ihr einen längeren Krankenhausaufenthalt bescherte.

Und jetzt war sie also wieder einmal in einem Hospital. *Zumindest in einem bislang noch nicht besuchten,* dachte sie lakonisch.

Im Park, auf den sie blickte, spielte eine Gruppe Rentner in Bademänteln Schach auf einem riesigen Spielfeld.

Sie hatte Schach noch nie leiden können. Mortimer spielte damals sogar einmal Briefschach mit seinem Freund Christopher Morgan in Neuseeland. **Das** fand sie sogar noch seltsamer als das Spiel generell. Nach jedem Spielzug notierten er oder sein Freund das Start- und Zielfeld auf einer Postkarte und schickten diese los. Was sogar noch langwieriger war, da die Postunternehmen Karten deutlich langsamer beförderten als Briefe. Aber um Geschwindigkeit ging es den beiden wohl nicht. Manchmal kamen sie auf gerade einmal fünf Züge in einem Jahr, da zu der langsamen Post natürlich auch jedes Mal die eigene Trödelei dazu kam, wenn keiner von ihnen genug Muße hatte, um sich in die laufende Schachpartie einzufühlen. Und der traurige Höhepunkt war, dass Christopher nach fast sechs Jahren Spieldauer den entscheidenden Zug gemacht und ihren Mann schachmatt gesetzt hatte - aber als die Karte mit diesem Spielzug ankam, war Mortimer schon einige Wochen tot. Meine Mutter war damals in das Arbeitszimmer meines leiblichen Vaters gegangen, zum ersten Mal seit seinem Tod, und hatte den finalen Schachzug auf dem Brett ausgeführt. Abends hatte sie dann in Neuseeland angerufen, um Christopher darüber zu informieren, dass Mortimer vor einigen Wochen verstorben war. Doch es war noch bitterer gekommen: Christopher war ebenfalls verstorben, am selben Tag wie Mortimer!

Als die Krankenschwester das Zimmer verlassen hatte, setzte sich Clara zu ihrem Bruder ans Bett. »Wie geht es dir jetzt?«

Allistair schaute sie skeptisch an. »Ich habe Kopfschmerzen, aber sie haben mir wohl was gegeben, das dagegen hilft, sie werden schon weniger.«

»Und und du kannst dich immer noch nicht erinnern?«

Er schaute wieder weg. »Nein. Jedenfalls nicht an konkrete Sachen. Ich habe einzelne Bilder vor Augen. Aber ich verstehe sie nicht.«

Lady Bedfort erklärte ihm, dass der Arzt ihr gesagt hatte, dass sie noch einige Untersuchungen machen müssten. Aber dass alles darauf hindeutete, dass er eine Amnesie hatte.

»Das bedeutet, dass du dich aktuell an nichts mehr erinnern kannst, das vor deinem Unfall geschehen ist. Aber dass du alles, was du danach wahrgenommen hast, behalten kannst.«

»Das ergibt Sinn«, sagte Allistair. »Ich erinnere mich, dass du mir gesagt hast, dass du meine Schwester bist. Und dass mir eine Eisenstange auf den Kopf gefallen ist. Aber ich habe keine Ahnung, was ich in dem Haus gemacht habe, als es passierte. Und wie ich dort hingekommen bin.«

Clara nahm seine Hand und streichelte sie sanft. »Wir sind zusammen dort gewesen, um den Hausstand unseres verstorbenen Onkels aufzulösen.«

Sein Gesicht wirkte auf einmal wacher. »Sag mal, bin ich verheiratet?«

Meine Mutter erklärte ihm, dass er geschieden sei. Dass er einmal mit Premierministerin Theresa May verheiratet war, verschwieg sie lieber, da er sich momentan ohnehin nicht an politische Persönlichkeiten erinnerte.

Mein Onkel wollte wissen, ob es eine ungefähre Dauer des Gedächtnisverlustes gäbe. Clara vermutete, dass dies wohl erst nach den weiteren Untersuchungen abgeschätzt werden könne.

»Wir mögen uns sehr, oder?«

Clara hatte so eine Frage nicht erwartet. »Wieso fragst du das?«

Allistair richtete sich etwas weiter auf. »Du machst den Eindruck, als ob ich dir sehr wichtig bin. Das wäre ja nicht so, wenn wir uns nicht gut verstehen würden, oder?«

Lady Bedfort war überrascht, dass ihr Bruder über solche Dinge sprach. Wahrscheinlich war dies auch auf die Amnesie zurückzuführen. Seine sonstigen Prinzipien, Strukturen und Gewohnheiten waren in diesem Moment nicht an ihren Plätzen. »Wir mögen uns. Auch wenn einer von uns - ich werde keinen Namen nennen - das dann und wann recht gut verstecken kann. Ja, Allistair, ich bin mir ziemlich sicher, dass wir uns mögen. Sehr sogar.« Sie drückte seine Hand, und er drückte zurück. Dann drückte sie sie zweimal kurz nacheinander. Auch diesmal wiederholte Allistair es.

»Das haben wir früher immer gemacht, oder?«, fragte Allistair. »Ich erinnere mich an nichts Konkretes, aber es fühlt sich vertraut an.«

Clara strahlte. Dann erzählte sie ihm, dass sie das früher in der Tat öfter gemacht hatten. Als er noch ein Kind und sie mit ihm im Dorf unterwegs gewesen war. Sie hatte ihn immer an der Hand gehalten. Und irgendwann hatte sie damit begonnen, diese wie beim Morsen zu drücken. Und er hatte das dann erwidert.

Damals hatte er zu ihr aufgeschaut, sie regelrecht vergöttert. Ihr Vater war nach dem zweiten Weltkrieg ein regelrechter Tyrann geworden. Zuhause wurde nie darüber gesprochen, aber während der letzten Kriegstage hatte er wohl schlimme Dinge erlebt gehabt.

»Er hat dann auch viel getrunken«, sagte sie. »Und unsere Mutter konnte damit nicht umgehen und hat irgendwann uns die Schuld für alles gegeben. Das war wohl bequemer, als sich gegen ihren brutalen

Ehemann zur Wehr setzen zu müssen. Aber glaub mir, Allistair, das ist nichts, was du in dein Gedächtnis zurückholen willst. Jedenfalls nicht als erstes.«

Allistair fragte sie noch viele andere Dinge und sie gab ihm bereitwillig Auskunft. Und wer sie gut kannte, der hätte beim Zuhören das eine oder andere Mal gemerkt, dass sie viele Dinge bewusst netter erzählte, als sie eigentlich gewesen waren. Sie ging zwar nicht davon aus, dass ein simpler Schlag auf den Kopf einen Egomanen und Soziopathen wie Allistair heilen konnte. Aber es war ja auch niemandem damit geholfen, ihm ausgerechnet bei diesen ganzen unschönen Dingen auf die Sprünge zu helfen. Also konzentrierte sie sich eher auf zurückliegende schöne Erlebnisse und betonte Positives.

Am Ende hatte sie beinahe selbst vergessen, dass dieser kleine Bruder im Krankenbett neben ihr zeitweise der schlimmste Mensch in ihrem Leben gewesen war.

Kapitel 4

»Nein, das ist überhaupt kein Problem, Mum. Ich habe alles im Griff... Ja... Okay, du auch. Und grüß Allistair von mir, ja?«

Ich beendete das Telefonat und steckte mein Mobiltelefon zurück in die Innentasche meiner Jacke. Ich war mit Albert und Lily auf der kleinen Strandpromenade von Marbles Cove und genoss die herrliche Sonne.

Die Promenade führte von den Dünen aus wie ein überdimensionaler Laufsteg aus Holz zum Meer, quer über den Strand, der mehrere Yards unter uns war. Es gab insgesamt drei Treppen, über die man direkt zum Strand gelangte, bevor die Promenade zu einem Anlegesteg wurde, der ungefähr 100 Yards ins Meer hinausführte.

Auf halber Strecke gab es einen schönen Kiosk, der jetzt, wo es wärmer war, wieder jeden Tag geöffnet hatte. Katie Russel war die Besitzerin der *Rotten Clam.*

Dieser Name war direkt der erste Hinweis auf Katies Vorliebe für Schräges und Verrücktes.

»Hat Lady Bedfort Probleme? Sie ist doch nach Land's End gefahren, soweit ich weiß?!«

Katie bekam so gut wie alles mit, was in Marbles Cove vor sich ging. Jedenfalls in den Sommermonaten, wenn ihr Kiosk gut besucht wurde. Sie war keinesfalls neugierig oder eine Klatschtante, aber ihre Leidenschaft war das Zuhören. Okay, vielleicht war sie **doch** neugierig, aber meines Erachtens in einem normalen Maß.

»Mein Onkel hat eine Metallstange auf den Schädel bekommen und liegt jetzt in Penzance im Krankenhaus.«

»Oh, das tut mir leid«, sagte Katie.

»Muss es nicht. Er ist ein ziemliches Ekelpaket.«

Sie erinnerte mich daran, dass sie das wusste, aber es nichts daran änderte, dass jeder Mensch alles nur erdenklich Gute verdient hatte. Es fiel mir schwer, mir vorzustellen, dass das auch für Allistair galt, aber das behielt ich lieber für mich. Überhaupt war ich immer wieder hin- und hergerissen, was Katies offensichtlich grenzenlose Fairness jedem auch noch so blöden Hund gegenüber betraf. An manchen Tagen nervte sie mich damit schon fast, an anderen Tagen war ich regelrecht neidisch auf die Gabe, so viel Positives zu sehen.

Aber ich hatte erst vor Kurzem in meiner Therapie gelernt, dass Momente wie diese nicht zwangsläufig nur zum eigenen Kopfschütteln führen mussten, sondern durchaus interessante neue Optionen für den eigenen Umgang mit den Dingen des Alltags bedeuten konnten. Anstatt Katies Art befremdlich und mitunter sogar nervig zu finden, konnte eine Menge Potential in einer simplen Frage stecken: *Was brächte es **mir**, wenn ich Dinge auch so sehen würde?*

Natürlich war es nicht so einfach, alte Gewohnheiten und Verhaltensweisen abzulegen, und man fiel natürlich auch immer wieder auf die Nase, wenn man versuchte, neue Dinge auszuprobieren. Aber wer Angst hatte vor diesen sinnbildlichen Stürzen und deswegen doch immer stehen blieb, der stürzte zwar nicht, aber der kam auch nicht weiter.

Und ich war weitergekommen in den letzten Monaten. Und ja, ich war auch oft gestürzt. Aber verglichen mit den letzten Jahren waren die letzten Monate mehr als nur erfüllend. Selbst der Schlaganfall meiner Frau Kali hatte mich nicht in ein tiefes Loch stürzen lassen, sondern weitere Kräfte in mir mobilisiert. Ich war Ehemann und Vater, das war eine ganz andere Energie, als nur der dicke Butler bzw. Sohn einer zuweilen recht wunderlichen älteren Frau zu sein.

Und ich hatte das alles wirklich gut im Griff. Die Kinder nahmen mich natürlich viel in Anspruch und ich musste nächtelang Tutorials auf YouTube schauen, um die Handgriffe und Kniffe zu lernen, die einem die Alltagsdinge mit Babys erleichterten. Windeln wechselte ich mittlerweile im Schlaf. Wortwörtlich. Kali behauptete bis heute, dass ich die Kinder in den letzten Wochen mindestens dreimal mitten in der Nacht versorgt hatte, ohne überhaupt richtig wach zu werden. Erinnern konnte ich mich jedenfalls wirklich nicht daran.

»Hallo, Max!«, rief ein junger Mann, der mit einem Kinderwagen die Promenade entlangkam. Tom war in meinem Alter, machte eine Pilotenausbildung und kümmerte sich um seine kleine Tochter, seit Mitte letzten Jahres seine Frau verstorben war.

Neben Tom schob noch ein weiterer Mann einen Kinderwagen. Sardar war in Marbles Cove vor allem bei Touristen sehr beliebt, weil er Rundflüge anbot. Die beiden hatten sich auf dem Flugplatz kennengelernt.

Und der Kontakt mit mir war entstanden, als Sardar vor einigen Wochen in Claras *An- und Verkauf* Babykleidung vorbeigebracht hatte und anschließend in unserer mittlerweile gut sortierten Second-Hand-Ecke fündig geworden war. Damals waren wir kurz ins Gespräch gekommen und hatten uns dann ein weiteres Mal im Boysen Inn beim Quizabend getroffen. Als meine Mutter nach Hause ging, setzte ich mich zu Sardar an die Theke und spendierte ihm ein Ale. Ausnahmsweise bestellte ich mir auch eins, obwohl ich ansonsten eigentlich nie trank.

Und jetzt, da das Wetter wieder schöner wurde, traf man sich in einem kleinen Küstennest wie Marbles Cove sowieso permanent. Drei Männer und vier Babys quasi. So hatte ich auch seinen Bekannten Tom irgendwann hier auf der Promenade kennengelernt. Und seit Kurzem trafen wir uns jeden Sonntag hier bei Katie und tranken Kaffee. Denn wir hatten verwundert festgestellt, dass wir alle drei eigentlich lieber Kaffee als Tee tranken. Und die frische Meeresbrise sowie das Rauschen der Brandung ließen unsere Kinder meistens selig schlummern, sodass wir Zeit für Männergespräche hatten. Falls es welche waren. Denn so richtig viele Freundschaften hatte ich bisher nicht gehabt.

Ich bestellte drei Becher Kaffee bei Katie und wischte einen der Tische ab, an den Tom, Sardar und ich uns stellten, während unsere drei Kinderwagen im Schatten neben der *Rotten Clam* standen.

»Wieso ist das eigentlich zu dieser Jahreszeit so arschkalt?«, murrte Tom. »Ich dachte, wir haben Klimawandel?!«

Sardar lachte. »Der Spruch ist genauso alt wie Chuck-Norris-Witze. Du bringst *Wetter* und *Klima* durcheinander. Ein einzelner Tag ist weder ein Beleg für noch gegen den Klimawandel. Hab ich erst neulich von einem Passagier gelernt.«

»Hört, hört«, rief ich aus, weil es mir irgendwie angebracht erschien. Die Blicke der beiden verrieten mir allerdings direkt, dass es nicht angebracht, sondern beknackt war. *Egal, Max, du hast es versucht, nur das zählt*, sagte eine imaginäre Katie in meinem Kopf. Ich widerstand meinem Drang, auch ihr in meinem Kopf ein gedachtes *Hört, hört* entgegen zu schmettern.

Ich wechselte das Thema. »Apropos ›Passagier‹: Ist es eigentlich klug, sonntags keine Rundflüge zu machen? Ich könnte mir vorstellen, dass das der beste Tag für Touristenflüge ist.«

»Absolut«, sagte Sardar. »Aber die Sonntage macht Herb. Das ist seine Maschine. Und er macht das bereits seit dreißig Jahren. Aber ich werde seinen Flieger übernehmen, wenn er sich zur Ruhe setzt.«

»Bist du eigentlich noch nie mitgeflogen, Max?«, schaltete sich Tom ein.

Und in diesem Moment wünschte ich, wir hätten doch weiter über den Klimawandel gesprochen.

»Nein, bislang nicht«, antwortete ich knapp. »Möchtet ihr noch Kaffee?«

Die beiden verneinten und wiesen auf ihre immer noch halbvollen Becher.

»Dann komm doch nächste Woche mal mit, Max. Dann fliege ich mit dir eine Runde über Marbles Cove«, sagte Sardar.

»Ja, mach das, Max. Ist echt klasse«, rief Katie hinter mir. Meine Güte, die hörte ja wirklich alles!

»Ich muss mal schauen, ob ich Zeit habe. Nächste Woche steht sehr viel an.«

Tom grinste. »Kann es sein, dass du Angst vorm Fliegen hast?«

»Waaaas?«, sagte ich entrüstet. »Das wäre ja albern. Ich hab doch keine Angst vorm Fliegen.« Dann versank ich in meinem Kaffeebecher.

Und wie ich Angst vorm Fliegen hatte!

Kapitel 5

Gegen vier Uhr nachmittags fuhr Samuel Miller auf den Parkplatz der Pension *Four Lions* im Örtchen Apperley.

Dass seine Proviantasche noch auf dem Autodach gelegen haben und verloren gegangen sein musste, hatte er ungefähr nach der Hälfte der Fahrt gemerkt, als er an einem Rastplatz angehalten hatte, um eine kleine Lunch-Pause zu machen. Er hatte sich dann nur kurz die Beine vertreten und war leicht hungrig weitergefahren.

Miller betrat die Pension und ging zum Empfangsbereich in einer Nische. Dort betätigte er die Klingel und wartete einen Augenblick, ehe sich hinter dem Tresen ein Vorhang öffnete und eine ältere Frau heraustrat.

»Tag. Sie haben reserviert?«

Miller gab ihr einen Ausdruck mit allen die Buchung betreffenden Angaben und die Frau rüttelte an der Computermaus, um den Bildschirmschoner zu verscheuchen. Dann tippte sie diverse Sachen ein. In einem Tempo, gegen das Millers eigenes Schneckentempo am PC plötzlich wie das Tempo der Rennschnecke aus der Unendlichen Geschichte wirkte.

Nach gefühlt 10 Minuten reichte die Frau ihm ein Formular, das aus dem Drucker gekommen war. »Bitte unterschreiben.«

Miller las sich kurz durch, was auf dem Blatt stand. Es war eine Auflistung der gebuchten Leistungen sowie sein Name und seine Anschrift. Dann unterschrieb er und reichte das Blatt zurück. Im Gegenzug erhielt er seinen Zimmerschlüssel - der an einem ziemlich unpraktischen großen Holzklotz festgemacht war.

»Ui! Das letzte Mal habe ich so einen Schlüssel bekommen, als ich an einem Rastplatz auf die Tankstellen-Toilette musste«, scherzte er.

»Hm?!« Das war die einzige Reaktion der Frau am Empfang, die ihn mit leicht zugekniffenen Augen argwöhnisch anschaute.

»Ich meinte nur… wegen des großen Holzklotzes… Ich… Ist ja auch egal.« Miller steckte den Schlüssel in die Tasche, nahm seinen Koffer und machte sich auf den Weg Richtung des Flures zu den Zimmern. Auf halber Strecke drehte er sich noch einmal um. »Sagen

Sie, ist mein Freund schon angekommen? Matthew McBrian?«

Die Frau grübelte einige Sekunden, so als ob da irgendetwas gewesen wäre. Dann schien es ihr eingefallen zu sein. »Nein, bedaure. Mr. McBrian hat sein Zimmer vor zwei Stunden storniert.«

Miller glaubte sich verhört zu haben. »Sind Sie sicher?«

Die Frau zog nur die Augenbrauen hoch und spitzte die Lippen, als wollte sie sagen *Ich bin ja nicht verkalkt, kleiner Mann.*

Sam drehte sich wieder um und ging zu seinem Zimmer. Das Aufschließen der Tür entpuppte sich als wahre Herausforderung, denn aufgrund des unförmigen Holzklotzes gelang es ihm nicht, den Schlüssel im Schloss herumzudrehen. Nach einer halben Drehung verkanntete sich der Riesen-Anhänger zwischen Türzarge und Schlüsselbund, sodass Miller ihn wieder zurückdrehen musste.

Neben ihm wurde eine Tür geöffnet und ein dicker, älterer Herr in einem Bademantel trat heraus.

»Tag«, brummte der Alte.

Miller grüßte zurück, während er sich blöd vorkam in seiner Situation. Aber er versuchte so zu wirken, als würde er erst jetzt die Tür aufschließen wollen, um sich keine Blöße zu geben. Was ein passendes Stichwort war, denn aus den Augenwinkeln sah

Miller, dass der Bademantel des Mannes nicht ganz geschlossen war und er somit einen Einblick bekam, den er um nichts in der Welt gewollt hätte.

Als der Alte an ihm vorbeiging, schien er es auch bemerkt zu haben, denn er zog den Bademantel zurecht und brummte »Na, Dickie, wo wolltest du denn hin?«

Inspektor Miller stand starr vor Unglauben vor seiner Tür und glotzte auf das Schild mit der Zimmernummer, bis der Alte verschwunden war. Dann stellte er seinen Koffer ab und versuchte beidhändig, die Tür aufzukriegen, was ihm beim vierten Versuch endlich gelang.

Das Zimmer roch auffällig stark nach kaltem Zigarettenrauch. Dabei hatte er extra ein Nichtraucherzimmer bestellt. Außerdem war es unangenehm heiß und stickig. Die Sonne schien den ganzen Tag auf die Fensterfront seines Zimmers, und der Vorhang war nicht von einem Meister seines Fachs ausgewählt worden, denn er war dunkelbraun und heizte sich entsprechend schnell bei Sonneneinstrahlung auf.

Zu seiner Erleichterung entdeckte Sam neben der Badezimmertür eine Regulationseinheit für eine moderne Klimaanlage, die er sogleich einschaltete. Über dem Bett strömte im nächsten Augenblick Luft aus einigen Schlitzen und Miller setzte sich auf die Bettkante und wartete auf die erfrischende Kühle, während er sein Telefon aus dem Koffer kramte und einschaltete. Nach einigen Sekunden kamen die Nachrichten.

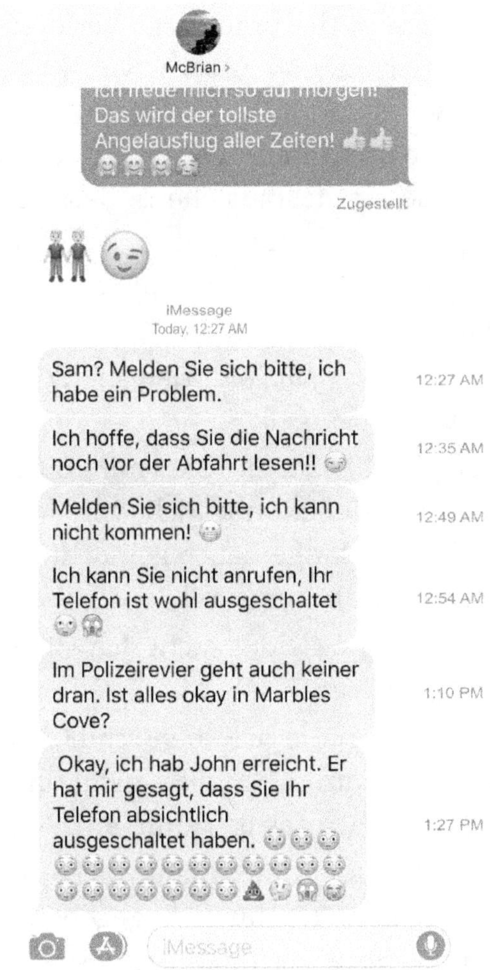

Sam war am Boden zerstört. So hatte er sich diesen Angelausflug nicht vorgestellt. Er war auf die üblichen Probleme eingestellt gewesen, aber eher auf sowas wie einen Stau oder eventuell noch eine Tasche mit seinem Essen, die unterwegs verloren geht (was ihm gestern trotzdem noch wie ein abwegiger Gedanke vorgekommen war). Aber dass er stundenlang durch Südengland gurken würde, um dann am Zielort festzustellen, dass er sich das genauso gut auch hätte sparen können, das hatte nicht auf seiner Liste der möglichen Probleme gestanden.

Er klickte auf *Anrufen*. McBrian meldete sich schon nach dem ersten Klingeln.

»Gott sei Dank! Sagen Sie mir bitte, dass Sie irgendwo fünf Meilen nördlich von Marbles Cove sind, weil Sie eine lange Pause gemacht haben«, sagte der Angerufene hoffnungsvoll.

»Hallo, Matt. Nein, leider nicht. Ich sitze in meinem Zimmer im *Five Lions*.«

»Oh nein! Das hatte ich befürchtet. Das tut mir schrecklich leid, Sam. Aber ist es nicht das *Four Lions*? Ach, vergessen Sie's, das ist ja nun auch egal…«

McBrian erklärte ihm ausführlich, dass es in Manchester einen Raubmord gegeben hatte und niemand außer ihm verfügbar gewesen war, um die Ermittlungen ins Rollen zu bringen. So sehr er sich auch bemüht hatte, er hatte keinen anderen Inspektor auftreiben können, um den Fall zu bearbeiten. Alle waren krank oder im Urlaub - einer der Inspektoren war sogar krank **und** im Urlaub.

»Vielleicht wäre es hilfreich, wenn Sie das nächste Mal nicht Ihr Telefon ausschalten, Sam.«

Miller lachte auf. »Was Sie nicht sagen. Keine Sorge, die Lektion habe ich heute gelernt.«

»Und was machen Sie jetzt?«, wollte McBrian wissen.

»Keine Ahnung. Ich denke mal, ich werde die Gelegenheit nutzen und einfach alleine angeln gehen. Das ist zwar eigentlich nicht das, worauf ich mich gefreut hatte, aber es ist allemal besser, als jetzt wieder nach Hause zu fahren. Ich bin nämlich auch nicht sicher, ob mein Wagen die Strecke zweimal an einem Tag schafft. Der klang schon auf den letzten Meilen recht gequält.«

McBrian schien erleichtert zu sein, dass Miller die neue Situation halbwegs gut aufgenommen hatte, und verabschiedete sich.

Miller legte auf und ließ sich komplett aufs Bett fallen, während das Telefon aus seiner Hand auf seinem Bauch auf die Decke rutschte. Während des Telefonats hatte er selber geglaubt, dass ihm McBrians Absage weniger ausmachen würde als anfangs angenommen. Doch jetzt merkte er, dass er einfach nur seinem eigenen Höflichkeitsverhalten geglaubt hatte, das aber nicht seiner wirklichen Verfassung entsprach.

Er war enttäuscht und traurig. Und frustriert, weil er diesen Ausflug gerade deswegen so gerne machen wollte, um dem stressigen Alltag mal zu entkommen und Zeit für sich selbst zu haben - um sich mal wieder zu spüren. Und jetzt spürte er sich zwar, aber das, was er da fühlte, war absolut nicht schön.

Und die Luft war auch nicht kühler geworden, obwohl die Klimaanlage jetzt schon knapp 10 Minuten brummte und blies. Ächzend erhob er sich und streckte die Hand zu den Lüftungsschlitzen hoch. Direkt vor den Schlitzen war die Luft angenehm kühl, aber wenn er seine Hand nur einige Inches weiter weg hielt, war die Luft bereits brühwarm. In ihm reifte der Verdacht, dass die Anlage gar nicht in Betrieb war, sondern nur der eingebaute Ventilator die schäbige Luft verteilte.

»Na, wunderbar«, seufzte der Inspektor. Dann schlurfte er ins Badezimmer, um erst einmal ausgiebig zu duschen. In einer Dusche, deren Fugen dank fleißigen Schimmelbefalls schon lange nicht mehr weiß waren, und in Gesellschaft mehrerer langer Haare eines früheren Gastes.

Als das heiße Wasser an dem zierlichen Körper des Inspektors herunterlief, versuchte Miller einfach nur noch, an nichts mehr zu denken. Er hatte es immerhin geschafft, sich vorher auszuziehen, das musste jetzt als Erfolgserlebnis reichen.

Kapitel 6

»Bitte bleiben Sie einfach nur ruhig liegen, Mr. May. Und keine Angst, die ganzen Geräusche, die Sie gleich hören, sind alle völlig normal. Wir warten nur noch kurz auf Dr. Johnson.«

Schwester Nicole beendete die Sprechverbindung und klickte auf dem PC-Monitor vor sich einige Buttons an.

Lady Bedfort saß hinter der Schwester in dem Bedienerraum des Magnetresonanztomographen der Klinik. Sie beneidete Allistair nicht darum, in dieser so gewaltigen Maschine zu liegen bzw. in einer erstaunlich engen Röhre.

Schwester Nicole schien ihre Anspannung bemerkt zu haben. »Ist alles in Ordnung, Mrs. Bedfort?«

»Ja. Danke. Ich habe nur gerade wieder mit Unbehagen festgestellt, wie eng diese Röhre ist. Gibt es dafür einen bestimmten Grund? Ich hätte ganz bestimmt Angst in dieser Situation.«

Schwester Nicole drehte sich zu Clara um und lehnte sich an den Schreibtisch. »Es gibt zwei Gründe dafür, dass der MRT so eng gebaut ist. Der erste ist, dass es den Technikern und Entwicklern dieser Geräte vollkommen egal ist, ob Patienten später Angst haben könnten oder nicht. Schauen Sie nicht so, das stimmt wirklich. Und der zweite Grund ist die Technik an sich. Um das erforderliche Magnetfeld für die Bildgebung erzeugen zu können, ist es notwendig, die zu messenden Bereiche so klein wie möglich zu halten.«

Lady Bedfort hatte sich darüber noch nie Gedanken gemacht. Sie fragte neugierig nach, ob es für das Personal nicht gefährlich sei, den ganzen Tag so nah an radioaktiven Geräten zu sein.

»Nein, der MRT strahlt gar nicht. Das, was Sie meinen, ist der CT. Der funktioniert mit Röntgenstrahlen. Der ist im Nachbargebäude. Unser MRT hier arbeitet mit einem Magnetfeld. Grob zusammengefasst.«

»Und wenn Sie mehr ins Detail gehen, wie funktioniert der MRT dann?«

Nicole schob ihren Kaugummi in die linke Wangenseite und klebte ihn neben die oberen Backenzähne. »Also, der MRT erzeugt ein Magnetfeld, das hundert Mal stärker ist als das der Erde. Dadurch richten sich die Wasserstoffatome im Körper des Patienten alle in eine Richtung aus.«

Lady Bedfort schaute beunruhigt.

»Nein, keine Sorge, das tut nicht weh. Dann gibt der Tomograph gezielte Radiowellen ab, die je nach Frequenz und Stärke bestimmte Körperregionen erreichen und die dortigen Wasserstoffatome gewissermaßen umwerfen. Tut auch nicht weh, ehrlich. Und wenn die Atome sich wieder aufrichten, dann kann der MRT das exakt messen - Atom für Atom. Und der Computer wandelt diese Milliarden Informationen pro Sekunde dann in dreidimensionale Bilder um, die selbst kleinste Blutäderchen sichtbar machen. Oder eben Hirnregionen. Um die geht es gleich bei Ihrem Bruder.«

Meine Mutter war beeindruckt, was für phänomenale Dinge der Mensch in den letzten Jahrhunderten erfunden hatte. Lange Zeit hatte sie sich gegen fortschrittliche Dinge gesträubt gehabt. Mit einem Gefühl von Scham erinnerte sie sich zum Beispiel wieder daran, wie sie mich damals zur Schnecke gemacht hatte, weil ich ein Navigationsgerät benutzt hatte. Das war total albern gewesen, denn was war so schlimm daran, ein exakt funktionierendes Gerät zu verwenden, das einem lästiges Rumdeuten in Landkarten ersparte?

In der Tat fand ich ihr damaliges Rumgemaule ziemlich anstrengend und mehr als unnötig. Aber damals ging ich davon aus, dass sie einen schlechten Tag hatte (oder vielleicht sogar ein schlechtes Jahr, *so albern, wie mir ihre Ablehnung vorkam), daher hatte ich es schnell wieder zu den Akten gelegt gehabt.*

Die Tür ging auf und Dr. Johnson betrat den Raum. »Guten Tag, Mrs…«

»Bedfort, Clara Bedfort.«

»Ja. Sie können gerne hier sitzen bleiben, wenn Sie mögen.«

Schwester Nicole trat beiseite. Johnson zog einen Stuhl heran und setzte sich vor den Monitor. Dann betätigte er die Sprechtaste. »Können Sie mich hören, Mr…«

»May?!«, sagte Allistair in der Röhre. »Schön, dass Sie endlich da sind. So richtig gemütlich ist es hier drin irgendwie nicht.«

Der Arzt schien derlei direktes Patientenverhalten nicht gewohnt zu sein. »Ähh… Sie brauchen keine Angst zu haben, Mr. May.«

»Hab ich auch nicht.«

»Brauchen Sie auch nicht.«

»Hab ich auch nicht! Aber Sie dürfen trotzdem gerne anfangen, ja? Wir haben noch was vor.«

Clara war erstaunt, dass selbst der Allistair, der sein Gedächtnis verloren hatte, so instinktiv die alten Ekelhaftigkeiten abrufen konnte. Dann sah sie, dass Schwester Nicole grinste.

Als sie Lady Bedforts fragendes Gesicht sah, deutete sie mit Blicken und Grimassen an, dass Dr. Johnson kein sonderlich beliebter Arzt im Krankenhaus war.

Lady Bedfort nickte wissend und lehnte sich zurück.

Dr. Johnson ließ die Sprechtaste los und startete den MRT. »Na, das ist ja ein reizender Patient. Die sind mir die liebsten!«, murmelte er.

»Ich finde Sie als Arzt auch nicht so prall, wenn ich ehrlich bin. Haben wir jetzt eine Patt-Situation oder wollen wir uns auf ein sportlicheres *Unentschieden* einigen?«, ätzte Allistair aus der Röhre.

Schwester Nicole trat zurück zum Schreibtisch, griff an dem leichenblassen Arzt vorbei und drückte die Sprechtaste erneut. »Sie haben die Sprechanlage mit der vom CT verwechselt, wo man nur zu hören ist, wenn man den Schalter gedrückt hält. Hier wird beim ersten Drücken die Verbindung hergestellt und beim zweiten Drücken wird sie beendet, Doktor.«

Johnson sagte nichts, nickte nur kurz und bildete sich wohl ein, damit genug Dankbarkeit ausgedrückt zu haben. Was allerdings absolut nicht der Fall war.

Dann klickte er diverse Male Buttons an, vergrößerte Bildausschnitte, betrachtete dieses und jenes und verzog konzentriert den Mundwinkel. »Hmm... Okay...«

Der Knall kam unerwartet und wirkte dadurch ohrenbetäubend. Johnson zuckte zusammen und wirbelte herum. »Nicole!? Ich habe Ihnen so oft gesagt, dass in der Klinik kein Kaugummi gekaut wird!«, fuhr er die Schwester an. »Ich habe die Schnauze langsam voll. Das gibt eine Abmahnung!«

Die Angesprochene versank fast im Erdboden vor Scham. Sie hatte nicht einmal aktiv gemerkt, dass sie ihren Kaugummi zurück zwischen die Zähne geholt und eine Blase erzeugt hatte. »Es tut mir leid, Doktor, ich…«

»Ich war das«, sagte Lady Bedfort mit fester Stimme, die keinen Zweifel daran ließ, dass sie mit dem Herrn in der Röhre verwandt war. »Sehen Sie?« Zum Beweis kaute sie demonstrativ herum und zeigte sogar kurz den Kaugummi in ihrem Mund.

»Ach so. Ja, das muss aber auch nicht sein. Zumindest keine Blasen, ja?«, erwiderte der Arzt.

»Nein, Sie haben Recht, Verzeihung. Und bitte verzeihen auch Sie mir, Schwester, dass Sie meinetwegen verdächtigt wurden.« Den letzten Satz sprach sie sehr deutlich.

Johnson schaute kurz auf. »Hm? Natürlich, ich möchte mich auch entschuldigen, Nicole. Ich werde mich mit einem Gutschein für Ihr Lieblingsrestaurant revanchieren.«

Lady Bedfort zwinkerte der strahlenden Schwester zu, diese zwinkerte zurück.

Nach einer Weile stand Johnson auf und ging zur Tür. »Also, Mrs. Bedfort. Alles in Ordnung, keine organischen Schäden. Ich gehe davon aus, dass Ihr lieber Bruder sein Gedächtnis bald schon wiederhaben wird.«

Meine Mutter fragte, wann damit zu rechnen sei, aber der Arzt betonte, dass man das nicht sagen könne. Möglicherweise würde der Gedächtnisverlust nur einige Tage anhalten, möglicherweise einige Wochen, schlimmstenfalls einige Monate. Dann verabschiedete er sich und verließ den Raum.

»Tausend Dank, Mrs. Bedfort! Sie haben mir das Leben gerettet!«, rief Schwester Nicole erleichtert.

»Nicht doch. Doktor Johnson scheint zwar nicht der Freundlichste zu sein, aber wie ein Raubtier erschien er mir nun auch nicht.«

Nicole betonte, was für ein glücklicher Zufall es war, dass meine Mutter auch einen Kaugummi im Mund hatte.

Aber sie erklärte ihr lachend, dass das gar nicht der Fall war. Sie hatte lediglich die Spitze ihrer Zunge von innen gegen die Zähne gepresst, sodass es wie ein Kaugummi aussah. »Der Rest war die Kraft der Illusion. Man sieht, was man sehen will - oder was man zu sehen eingeredet bekommt.«

»Trinkt ihr da drinnen Kaffee und mampft Käsesahnetorte?«, nörgelte Allistair.

Die Schwester ging zum Schreibtisch und betätigte die Gegensprechanlage. »Entschuldigung, Mr. May. Wir sind fertig. Ich hole Sie gleich heraus.«

Da kam Lady Bedfort ein Gedanke. »Sagen Sie, Schwester Nicole, ist es mit dem MRT möglich, Gehirnaktivitäten darzustellen?«

»Sie meinen sowas wie Freude, Angst, Aufregung? Ja, das ist eines der Forschungsfelder hier im Krankenhaus. Die Patienten bekommen eine spezielle Brille auf, die ihren nach oben gerichteten Blick umlenkt auf einen Monitor vor dem MRT. Dort spielen wir dann Bilder ein, emotionale Bilder. Und hier auf dem PC sehen wir dann die entsprechenden Hirnregionen bei Aktivität aufleuchten.«

Clara stand auf und kam zum Schreibtisch. »Können Sie mir das einmal vorführen? Das interessiert mich brennend.«

Schwester Nicole verstand mit einem Mal, worauf Lady Bedfort hinaus wollte. Und es gefiel ihr nicht.

Kapitel 7

Nachdem Inspektor Miller seinen Kampf mit der nicht funktionierenden Klimaanlage frustriert aufgegeben hatte, war in ihm die Lust zu angeln zurückgekehrt.

Es war gegen sechs Uhr abends, und die Sonne hatte am Ende nicht nur sein Zimmer in der Pension furchtbar aufgeheizt, sondern auch noch diesen ansonsten recht frischen Maitag wärmer gemacht.

Miller hatte eine große Tasche umgehängt, in der er seine Angel, einen Klappsitz sowie einen kleinen Werkzeugkoffer voller Angelutensilien verstaut hatte. So machte er sich von der Pension aus auf den Weg zum Severn.

Der Fluss schlängelte sich unweit der Pension durch die idyllische Ortschaft, vorbei an alten Häusern, die geeignet dafür gewesen wären, hier einen historischen Film zu drehen.

Miller folgte dem Flusslauf und suchte eine geeignete Stelle, wo er sich niederlassen und seine

Rute auswerfen konnte. Als er nach einer Viertelstunde eine prächtige Stelle in der Ferne sah, waren die bisherigen negativen Ereignisse des Tages schnell vergessen. Er beschleunigte sein Tempo ein wenig und ging in Gedanken schon alle gleich notwendigen Handgriffe durch, um den Klappsitz, die Angel und weitere benötigte Utensilien akkurat bereitzulegen.

Eine weitere Viertelstunde später hatte er alles perfekt hergerichtet und ließ sich erleichtert stöhnend in den Klappsitz fallen. Dann griff er die Angel, die vor ihm in einer Halterung mit Erdspieß steckte, befestigte einen seiner selbstgemachten Boilies und holte weit aus, um den Haken mit dem Köder so weit wie möglich im Severn zu platzieren. Nachdem er auf Anhieb genau die Stelle getroffen hatte, die er vorher ins Visier genommen hatte, steckte er die Angel wieder zurück in die Halterung und lehnte sich zurück. Der Klappsitz mit der Rückenlehne machte zwar keinen stabilen Eindruck, aber Sam hatte sich im Laufe der Jahre daran gewöhnt, dass der Campingstuhl instabiler wirkte, als er war.

Da McBrian nicht dabei war, hatte er sich kurzfristig umentschieden und beschlossen, keine Barben zu angeln, sondern direkt auf Karpfen zu gehen. Zum Glück hatte er gestern noch auf Verdacht einige Boilies hergestellt, deren Rezept er in den letzten Jahren nahezu perfektioniert hatte. Damals hatte er sogar das Gefühl gehabt, dass sich die Karpfen untereinander informierten: *Hey, habt ihr schon mitbekommen, dass es da hinten total leckere Kügelchen gibt? Die Sache hat zwar 'nen Haken, aber das ist es trotzdem wert. Kommt, wir schwimmen alle hin.*

Mit leichter Beunruhigung sah Miller am Horizont, dass es sich in weiter Ferne ziemlich dunkel zuzog. Er hoffte, dass der wahrscheinlich dazugehörende Regenguss eine andere Richtung einschlagen würde. Denn er hatte keinen Schirm dabei.

Während er noch überlegte, **wieso** er eigentlich keinen eingepackt hatte, zuckte die Angel.

»Ha!«, rief er erfreut aus. Er griff die Rute und fühlte erst einmal einige Sekunden *in sie hinein*. Wer ihn nicht kannte, hätte ihn in diesen Momenten wohl für ziemlich eigenartig gehalten, denn er wirkte, als hätte er einen Krampfanfall mit finaler Lähmung. Und wahrscheinlich hätte es auch auf alle eigenartig gewirkt, **die** ihn kannten. Und wenn er selbst jemals gesehen hätte, wie er beim *Angelfühlen* aussah, hätte er es wohl nie wieder in der Öffentlichkeit gemacht.

Er spürte, dass ein größerer Fisch den Köder bearbeitete. Aber noch hatte er nicht angebissen. Miller schloss die Augen, und im Geiste lief seine Wahrnehmung an der Angel entlang, schoss über die ausgeworfene Schnur, tauchte ins Wasser ein und hielt erst direkt am Köder wieder an.

Miller war nicht einmal bewusst, dass dies wahrlich eine Gabe darstellte, dieses dreidimensionale Vorstellungsvermögen, das durch nichts anderes als minimalste Vibrationen der Angel Gestalt annahm.

Ja, vor seinem geistigen Auge sah er den Fisch. Ein stattlicher Bursche. Nicht so riesig wie *Benson*, aber auf jeden Fall ein Prachtexemplar.

Benson war der bekannteste Fisch Englands gewesen. Er hatte sage und schreibe 60 Pfund gewogen und war insgesamt stattliche 63 Mal gefangen und direkt wieder ausgesetzt worden.

Auch Miller hatte den Burschen damals gefangen gehabt, es musste das 57. Mal gewesen sein. Damals - im Jahr 2008 - war er extra von Broughton aus nach Cambridgeshire gefahren. Und hatte sogar den Ort **Bedford** *durchquert, worüber er damals sehr gelacht hatte. Sie schien ihn wirklich überall zu verfolgen. Wenn auch in diesem Fall mit einem D am Ende des Namens - aber wie sie ihm einmal erzählt hatte, schrieben die meisten Leute ihren Nachnamen tatsächlich öfter mit* **D** *als mit* **T**.

Im darauffolgenden Jahr war Benson tot aufgefunden worden. Man hatte damals gemutmaßt, dass ihn jemand mit rohen Nüssen gefüttert haben musste. Dabei wusste doch eigentlich jeder, dass Nüsse für Fische giftig waren.

In dieser Sekunde war es soweit. Der Inspektor spürte, dass der Fisch nicht mehr bloß zaghaft an dem Boilie herumknabberte, sondern ihn jetzt ins

Maul nahm. Routiniert hielt Miller die Luft an, um seine Wahrnehmung nicht durch eigene minimale Bewegungen abzulenken. Dann riss er die Angel mit einem kurzen und präzisen Ruck nach rechts oben. Und im nächsten Moment wäre es für jeden Laien ebenfalls spürbar gewesen: Da war ein Fisch am Haken, der fliehen wollte.

Miller war konzentriert aufgestanden und kurbelte an der Spule. Dadurch wurde der Fisch unaufhaltsam zur Uferstelle gezogen, an der der Inspektor seinen Angelplatz errichtet hatte.

Und dann sah er den Fisch. In der Tat war es ein prachtvoller Karpfen. Er schätzte ihn auf 40 Inches. Mit der linken Hand griff Sam nach dem Kescher und tauchte ihn ins Wasser. Dann manövrierte er den Fisch am Haken über die Kescheröffnung und ließ die Angel los. Mit beiden Händen hievte er das Tier aus dem Wasser. Der Karpfen mochte gut und gerne 50 Pfund wiegen.

Er legte den Kescher auf das Gras, kniete sich davor und hielt den Fisch mit der linken Hand hinter den Kiemen fest, während Daumen und Zeigefinger seiner rechten Hand den Angelhaken griffen und mit einer unfassbar schnellen und souveränen Bewegung aus der Haut des Tieres zogen. Das spürte das Lebewesen vor ihm nicht einmal, denn Miller hatte zu Beginn seiner Angelausbildung monatelang exakt diesen Griff geübt gehabt. Immer und immer wieder.

Seine Mutter hatte ihn damals schon für verrückt erklärt gehabt, aber es war ihm wichtig gewesen, den geangelten Fischen nur so wenig Schmerz wie möglich zu bereiten.

Einmal hatte sich der Haken eines Bekannten beim Auswerfen in Millers Ohrmuschel verfangen. Ohne es überhaupt aktiv zu merken, hatte er mit seinem perfektionierten Griff den Haken wieder aus seinem Ohr herausgezogen. Damals war ihm am eigenen Leib klargeworden, dass er wirklich in der Lage war, einen Haken komplett schmerzfrei zu entfernen. Seine Kameraden aus dem Angelverein hatten ihm daraufhin den selten dämlichen Spitznamen *Käpt'n Hakenhand* gegeben.

Nachdem Miller den Haken aus dem Maul des Karpfens entfernt hatte, ließ er ihn aus dem Kescher in einen Eimer mit Wasser aus dem Severn gleiten, in dem der Karpfen sich nun wieder sammelte.

Sam war voller Adrenalin und genoss diesen Moment persönlichen Erfolges. Er setzte sich wieder auf den Klappsitz und kramte aus seiner Tasche eine Flasche Bier hervor, die er sich nun verdient hatte.

Als die Flasche geöffnet war, traf ihn mit einem Mal vollkommen unvermittelt ein Stich ins Herz. Erst jetzt spürte er, wie traurig es war, dass niemand da war, mit dem er diesen Glücksmoment angemessen teilen und feiern konnte.

Und da wurde ihm klar, dass er sich eigentlich gar nicht mit McBrian zum Angeln verabredet hatte, um Fische zu fangen. Nein, er hatte sich vor allem erhofft, dass sie sich wieder etwas näher kommen würden. Seit McBrians Weggang damals hatte sich ihre professionelle aber angenehme Beziehung nahezu gänzlich abgekühlt. Das hatte er im täglichen Stress eigentlich nie wahrgenommen, aber jetzt spürte er es, als würde diese traurige Erkenntnis ein Sonnenstrahl an einem klirrend kalten Wintertag sein, der durch ein Brennglas mitten auf seine Seele gerichtet war und ihn nun schmerzlich verbrannte.

Er ließ die Bierflasche sinken, noch ehe er auch nur einen Schluck getrunken hatte. Er war zu keiner Bewegung mehr imstande. Er fühlte sich in diesem Augenblick so leer, dass zwei sehr kleine Millers bequem in ihm hätten einziehen können - aber es wäre ihnen wohl zu kalt gewesen…

Nach einer Weile drehte er den Kopf und schaute den Karpfen an. Und mit Schaudern stellte er fest, dass der Karpfen auch ihn anschaute.

Was soll denn das alles?, schoss es Sam durch den Kopf. *Das ist doch alles Mist!*

Tränen liefen ihm über die Wangen und tropften ins Gras. Mit einem Mal spürte er eine unerträgliche Schuld in sich. Er fühlte regelrecht, wie grausam es war, dass er dieses Tier aus seinem vertrauten Habitat herausgerissen hatte. Eine ihn nahezu erstickende Flut aus Mitleid war über ihn hereingebrochen. Ja, er sah es jetzt völlig klar: Der Fisch war er! Beide waren sie zwar unwissend, was sie vom Leben Gutes erwarten wollten. Aber beide wollten nicht da sein, wo sie in diesem Augenblick waren.

Und plötzlich spürte Miller im Hinterkopf eine zweite Flut ansteigen: die Verdrängung. Er begriff, warum er ansonsten immer so vortrefflich funktionierte. Er hatte bislang stets die Gabe besessen, alles Schlechte auszublenden, um sich zu schützen. Aber in dem Moment, in dem er sich dieser Kraft bewusst wurde, verlor er sie - wie ein Fabelwesen, das ihn stets beschützt hatte, solange er die Regel befolgte, es niemals anzusehen.

Nun **hatte** er es angesehen. Und aus dem gänzlich reinen und ihn behütenden Geschöpf war im Bruchteil einer Sekunde ein Dämon erwachsen, der ihn schon so lange unbemerkt verfolgt und nun endlich gefunden hatte. Und der nicht eher ruhen würde, bis er Sam gänzlich gefressen haben würde.

Unter nicht mehr zurückhaltbarem Schluchzen und Weinen stand Miller auf, griff den Eimer mit dem Fisch und ließ ihn in den Fluss hineintauchen, sodass der Karpfen aus der Enge heraus in die Freiheit schwimmen konnte. Er schaute sich nicht einmal um, als er den Eimer verließ. Warum auch? Miller war ja nicht sein Befreier. Er war der Dämon! Der Dämon des Fisches! Den dieser nun beim Wegtauchen hinter sich ließ.

In diesem Moment wusste Miller, dass es nur eine Möglichkeit gab, wie er **seinen** Dämon hinter sich lassen konnte. Und alles begann mit dem ersten Schritt auf den Severn zu.

Einige Minuten später war es vorbei. Es waren allerdings die qualvollsten seines bisherigen Lebens, das an diesem eher unscheinbaren Platz mitten in der Natur so unerwartet ein Ende gefunden hatte.

Kapitel 8

Schwester Nicole dachte lange nach. Man merkte ihr an, dass das, worum meine Mutter sie gebeten hatte, eigentlich nicht erlaubt war. Eine MRT-Studien-Untersuchung außer der Reihe. Ohne einen anwesenden Arzt. Mit einem Patienten, der kein Teilnehmer der Studie des Hospitals war.

Aber sie war Lady Bedfort unendlich dankbar, da sie durch sie einen Restaurantgutschein statt einer Abmahnung erhalten würde. Daher sagte sie zu. »Okay. Aber natürlich nur, wenn Ihr Bruder bereit ist, dabei mitzumachen.«

»Ach, der! Der freut sich«, sagte meine Mutter überzeugend.

»Hallo???«, quengelte Allistair.

Schwester Nicole war sich nicht sicher, ob Allistair May sich wirklich freute. Aber die alte Dame war einfach zu sympathisch und lieb, um ihr einen Wunsch abzuschlagen.

Einige Minuten später hatte Nicole alles vorbereitet. Allistair hatte sie erzählt, dass diese Untersuchung ein weiterer Bestandteil der Hauptuntersuchung sei. »Die Videos, die ich Ihnen gleich zeige, dienen quasi der zusätzlichen Kalibrierung der MRT-Ergebnisse im Bezug auf Ihre Gehirnaktivitäten.«

»Okay«, antwortete Allistair knapp. Man merkte, dass er es spannend fand, was nun folgen sollte. So sehr er noch vor wenigen Minuten aus der Röhre herausgewollt hatte, so sehr waren nun sein Spieltrieb und Ehrgeiz geweckt.

Lady Bedfort hatte sich neben die Schwester an den Schreibtisch gesetzt. Die Untersuchung begann. Auf dem linken Monitor sah sie das, was auch Allistair auf seinem Bildschirm zu sehen bekam. Auf dem rechten Monitor hatte Nicole neben einer Auswahlmaske für die Videosequenzen zum Einspielen auch ein Livebild aus dem MRT sowie eine Computergrafik, die Allistairs Gehirn in Echtzeit darstellte.

»Ich spiele Ihrem Bruder jetzt unterschiedliche Sequenzen vor, Mrs. Bedfort. Einige von ihnen sind unauffällig, andere haben den Zweck, bestimmte Emotionsmuster im Gehirn auszulösen. Auf diese Art und Weise können wir mittlerweile ganz gute Einschätzungen bezüglich der emotionalen Stabilität der Patienten abgeben.« Weiter erklärte die Schwester, dass diese Art der Untersuchung vor allem für das Militär interessant war, denn auf diese Art und Weise würde man in einigen Jahren schon vor einem Kriegseinsatz untersuchen können, welche Soldaten besser für Krisengebiete geeignet waren als andere. Die Kosten der medizinischen Behandlung zahlreicher *posttraumatischer Belastungsstörungen* bei Heimkehrern aus Afghanistan waren in den letzten Jahren förmlich durch die Decke geschossen, sodass irgendwann eine ausführliche Studie, wie sie nun hier in der Klinik vorgenommen wurde, durchaus Sinn ergab.

»Auf diesem Monitor sehen Sie in Echtzeit die Aufnahme der Gehirnregion Ihres Bruders. Daneben den gleichen Bereich eines Musterpatienten mit maximaler Ansprache auf die getriggerte Emotion.«

Clara schaute auf den Bildschirm und sah sich das Video an, das Allistair in diesem Augenblick eingespielt wurde. Es zeigte einen Hundewelpen, der auf einer sonnigen Wiese saß und die Augen zusammenkniff. Sein Frauchen hinter der Kamera rief ihm etwas zu, gleichzeitig kam ein Tennisball auf ihn zugeflogen. Aber der Kleine bemerkte es zu spät und bekam den Ball auf die Nase. Es hatte ihm nicht wehgetan, aber er hatte sich so sehr erschrocken, dass er ungelenk hintenüberfiel, sich aber sofort wieder aufrappelte und wild hüpfend in unbändigem Spieltrieb auf die Besitzerin zukam und diese ansprang und voller Freude nicht mehr zu bändigen war.

»Okay, Ihr Bruder scheint nicht besonders tierlieb zu sein. Sehen Sie? Der Bereich des Gehirns, in dem Freude sichtbar wird, bleibt bei ihm grau. Im Vergleich dazu sieht die Stelle auf dem Vergleichsbild wie das Gemälde *Zwecklos* von Kandinsky aus, falls Sie das kennen.«

Nun folgte ein Video, bei dem jemand aus dem Auto ausstieg und im Anschluss die Tür zuwarf, nicht sehend, dass jemand anderes seine Hand dazwischen hatte. Lady Bedfort war von diesem Fortlauf selbst überrascht worden und hielt sich aus einem Reflex heraus die Hand vor den Mund.

Allistair lachte. Und es war offensichtlich, dass Schwester Nicole das nicht erwartet hatte. Sie klickte ein Feld an und auf dem Monitor erschien wieder das Vergleichsbild für Freude. Aber auch dieses ließ sich nicht mit den Gehirnaktivitäten von Allistair in Einklang bringen.

»Wenn ich es nicht besser wüsste, würde ich sagen, dass das Gerät kaputt ist. Wir haben gehört, wie er lacht, aber sein Gehirn ist nahezu komplett regungslos geblieben.«

Clara hatte die Bestätigung für das bekommen, was sie schon seit langer Zeit befürchtet hatte. Aber sie wollte es hier und jetzt nicht weiter ausführen, daher sagte sie nur knapp und bemüht freundlich: »Wahrscheinlich liegt es an dem Schlag auf den Kopf?!«

Nicole nickte und fuhr mit den Videos fort. Und so unterschiedlich die folgenden Auslöser auch waren, so gleich blieb Allistairs Reaktion darauf.

Lady Bedfort schnürte es immer weiter die Kehle zu. Denn erst jetzt wurde ihr klar, dass sie sich lieber geirrt hätte.

Kapitel 9

Es war ungefähr eine Stunde vergangen, seit Inspektor Miller klar geworden war, dass sein altes Leben nicht mehr das war, was er wollte.

Er hatte sämtliche Angelutensilien grob in die Tasche gestopft und diese dann auf dem Rückweg zum *Four Lions* an einer öffentlichen Mülltonne abgestellt.

Dann hatte er in seinem immer noch unerträglich warmen Zimmer seinen Koffer gepackt und stand nun wieder an der Rezeption und knallte den Holzklotz mit dem Zimmerschlüssel auf den Tresen.

»Ist etwas nicht in Ordnung?«, fragte die Frau, die seinen Check-in vorgenommen hatte.

»Ich sage es Ihnen ganz ehrlich. Wenn Sie nicht gefragt hätten, hätte ich es für mich behalten. Aber Sie wollen es ja anscheinend wissen - und mir ist klar, dass Sie es eigentlich **nicht** wissen wollen, aber gefragt ist gefragt, egal, wie offensichtlich es einfach nur eine blöde Floskel war! Punkt 1: Was soll dieser dämliche Klotz am Schlüssel?«

Die Frau schaute ihn völlig überfordert an. »Nun, das ist... also, damit die Gäste den Schlüssel nicht mitnehmen, wenn sie das *Four Lions* verlassen, sondern ihn an der Rezeption abgeben.«

»Wunderbar!«, schnauzte Miller, der mit genau so einer Begründung gerechnet hatte. »Dann sagen Sie einfach ›Verehrter Herr, bitte nehmen Sie den Schlüssel nicht mit, wenn Sie außer Haus gehen‹, und fertig! Haben Sie mal versucht, mit diesem bescheuerten Anhänger in der Größe eines Cachons die Zimmertür aufzuschließen?«

»Ca... Cachon?«, stammelte sie.

»Ja. So ein Rhythmusinstrument zum Draufsitzen. Ist aber gerade echt nicht der springende Punkt.«

Die ältere Dame erklärte ihm in einer schnippisch-überforderten Mischung, dass sie selbst die Schlüssel an einem normalen Schlüsselbund trage und die Türen damit problemlos aufgingen.

»Herzlichen Glückwunsch, dann ist Ihr Alltag ja angenehm optimiert. Gut, dass Sie kein Dienstleistungsgewerbe betreiben, in dem es darum gehen sollte, dass der Alltag des **Gastes** optimiert ist.«

»Aber wir sind doch ein Dienstleistungsgewerbe.«

»Ha!«, stieß Miller aus und zeigte mit dem Finger auf die Frau. »Dann war das wohl Ironie - was Sie aber nicht davon ablenken sollte, dass der inhaltlich wahre Kern dieser Stelle als Anregung dienen sollte, sich ein paar Gedanken im Sinne zukünftiger Gäste zu machen. So, weiter im Text. Punkt 2: Die Klimaanlage ist ein schlechter Scherz, die funktioniert nicht.«

»Kommt denn Luft aus den Schlitzen, wenn Sie sie einschalten?«

»Ja«, sagte Miller lauernd.

Man merkte, dass die Rezeptionistin einen ersten Tropfen Oberwasser zu erkennen glaubte und sich sinnbildlich daran machte, ihren Badeanzug anzuziehen. »Dann ist sie nicht kaputt. Vielleicht haben Sie zu hohe Erwartungen an die Leistung einer Klimaanlage. Die ist ja nicht dazu da, um ein Zimmer kalt zu machen.«

»Ihre in der Tat nicht, da haben Sie recht. Aber das Gerede können Sie sich sparen. Ich habe nämlich bereits im Internet herausgefunden, dass ehemalige Gäste Ihres Hauses nahezu jedes Mal in Kommentaren darauf zu sprechen kommen, dass Ihre Klimaanlage ein Witz ist. Und zwar die Art Witz, die schon in der Kreidezeit unlustig war. Einer der Kommentarschreiber war sogar ein Klimaanlagenbauer, der sofort erkannt hat, dass Sie die Kühleinheit auf dem Dach abgeschaltet haben, die eigentlich durchgehend den Wärmeaustausch vornehmen würde. Aber das kostet wohl eine Menge Betriebs- und Instandhaltungsgebühren, die Sie sich so sparen.«

»Na, hören Sie mal!«, setzte die Rezeptionistin an.

»Nein, will ich nicht. Ich war noch gar nicht fertig, Allerwerteste. Wie ich gerade sagte: Ich habe das im Internet herausgefunden. Und wissen Sie, wo das war? Am Ende des Flures, halb aus dem Fenster gelehnt, um irgendwie Internetempfang über meinen Mobilfunkanbieter zu kriegen, denn Ihr überall angepriesenes kostenfreies WLAN ist entweder viel zu schwach oder bricht nach drei Sekunden wieder ab.«

»Das funktioniert nur hier in der Lobby.«

»Dummes Zeug! Das ist keine Lobby, sondern bestenfalls eine umgebaute Diele. Und außerdem will kein Mensch für E-Mails, zum Googlen oder das Anschauen von Pornos hier bei Ihnen rumsitzen, das wäre ja **völlig** abtörnend. Und zwar bei allen drei Sachen!«

Die Frau war offensichtlich selten einer solchen Menge schlecht widerlegbarer Kritikpunkte ausgesetzt. »Gut, ich höre es schon, Sie waren nicht zufrieden. Man kann es nun mal nicht jedem Gast recht machen.«

Mittlerweile war ein Pärchen hinzugetreten, das gerade einchecken wollte.

»Halt, stopp!«, bellte Miller genervt. »Uncle Sam ist noch nicht fertig. Da kommt jetzt noch Punkt 3: Wieso stinkt mein Zimmer, als ob da in den letzten drei Wochen alle Folgen von *Mad Men* gedreht wurden? Ich hatte *Nichtraucherzimmer* angekreuzt. Nein, ich will es gar nicht wissen. Darum direkt Punkt 4: Ihre Dusche ist zum Kotzen! Verschimmelt, mangelhaft nach dem letzten Gast gereinigt worden, es spritzt nach nur fünf Minuten Duschen so sehr aus der Duschtasse, dass das ganze Bad schwimmt; und der Abfluss scheint auch verstopft zu sein, denn das Wasser steht einem binnen weniger Sekunden bis zu den Knöcheln. Und so, wie es aus dem Abfluss stinkt, ist er anscheinend deswegen verstopft, weil der Gast vor mir beim Duschen regelmäßig gleichzeitig sein großes Geschäft verrichtet hat!«

Das Pärchen hinter Miller wirkte, als spielte es mit dem Gedanken, doch lieber eine andere Übernachtungsmöglichkeit zu suchen, daher beteuerte die Frau am Empfang, dass es ihr sehr leid tue, dass sie Miller nicht zufriedenstellen konnten. Zum Beweis des ehrlichen Bedauerns zahlte sie ihm den vollen Zimmerpreis in bar aus - obwohl er bislang nur eine Anzahlung in Höhe von 40 Prozent geleistet hatte. Aber das war ihm jetzt auch egal und er sah die Differenz als Schmerzensgeld.

Fünf Minuten später saß er in seinem Wagen und fuhr zerknirscht zurück nach Marbles Cove.

Gegen neun Uhr abends klingelte sein Mobiltelefon. Er war noch einige Meilen von Marbles Cove entfernt. Der Anrufer war McBrian. Sam nahm das Gespräch über die Freisprecheinrichtung entgegen. »Ja?«

»Hallo, Sam! Ich bin's, Matt. Ich wollte Ihnen mitteilen, dass ich doch kommen kann. Ich bin schon unterwegs, in dreißig Minuten bin ich da. Ich dachte, ich rufe Sie doch besser noch vorher an, nicht, dass Sie ansonsten anderweitig unterwegs sind, wenn ich gleich da bin.«

Miller glaubte sich verhört zu haben. Er teilte McBrian mit, dass er bereits wieder nach Hause gefahren und auch schon kurz vor Marbles Cove war.

»Oh, nein! Das ist ja blöd. Sie haben wohl keine Lust, trotzdem zurückzukommen?«

»Definitiv nicht. Die Pension ist eine einzige Katastrophe gewesen. Ich freue mich so sehr auf meine Wohnung. Und außerdem habe ich heute mit dem Angeln aufgehört.«

»Okay, dann ist das heute wohl echt nicht unser Tag. Wir können das ja nachholen.«

»Ich habe mich missverständlich ausgedrückt, McBrian. Ich habe nicht für heute mit dem Angeln aufgehört, sondern für immer.«

McBrian war unsicher, wie er das einordnen sollte. Eigentlich passte das nicht zu Miller, der seit jeher einer der leidenschaftlichsten Angler gewesen war, die er kannte. Aber er wollte ihn auch nicht weiter bedrängen und ging davon aus, dass Miller wohl einfach den heutigen Ärger mit dem Angeln an sich verknüpft hatte und deswegen alles schwarzmalte.

»Ich muss auflegen, McBrian. Ich bin da.«

»Okay, Sam. Noch einmal sorry. Machen Sie's gut.«

Miller legte auf. Er hatte gelogen. Marbles Cove war noch mindestens 30 Meilen entfernt. Aber er wollte nicht mehr reden. Er wollte nicht mehr denken. Er wollte einfach nur noch in seinem Bett in der Dienstwohnung in Marbles Cove liegen und die Decke über den Kopf ziehen. Und alles vergessen, was heute war. Außerdem spürte er, dass eine Erkältung im Anmarsch war. Die hatte ihm gerade noch gefehlt!

Kapitel 10

Ungefähr zur gleichen Zeit fuhren Lady Bedfort und ihr Bruder Allistair ebenfalls durch die einsetzende Dämmerung. Allerdings nicht mit dem Ziel *Marbles Cove*, sondern zurück nach Land's End zum Haus von Archibald Milgram, dem verstorbenen Onkel der beiden.

»Ist es denn wirklich vernünftig, dass du in deinem Zustand Auto fährst?«

»Was für eine Alternative haben wir denn? Dass du fährst?«

»Ja, ganz genau. Die Alternative haben wir.«

Allistair schaute sie genervt an. Nein, sie fühlte sich auf dieser Fahrt ganz und gar nicht wohl, aber es ging nicht anders. Nervös blickte sie auf die Straße vor sich. Wie so oft hatte sie keine Lust auf eine langwierige und zu nichts führende Debatte mit ihrem Bruder, also ließ sie ihn in dem Glauben, dass er recht hatte. Außerdem hatte sie wahrlich genug damit zu tun, keinen Unfall zu bauen, denn Allistair hatte ja auch irgendwie recht: Sie wäre im Normalfall nicht die erste Wahl gewesen, wenn es darum ging, wer ein Auto fahren sollte.

Aber Allistair hatte heute eine schwere Eisenstange auf den Schädel bekommen, und da wäre es wohl tatsächlich nicht klug gewesen, wenn er das Fahrzeug von der Autovermietung in Penzance gelenkt hätte. Wobei er mittlerweile überlegte, ob ein Typ mit temporären Hirnaussetzern nicht trotzdem souveräner fahren würde als Clara Bedfort. Als in ihm der Plan reifte, ihr genau das nochmal mitzuteilen, ging sie direkt dazwischen.

»Nein. Es wäre nicht besser!«

Allistair war ehrlich beeindruckt. »Ja? Das hast du erahnt? Hmm… was bedeutet das denn? Dass ich weniger raffiniert bin, als es mir lieb wäre? Oder dass du verdammt clever bist?«

Sie lachte. »Ich werde jetzt einfach mal meinem Drang widerstehen, dir einen blöden Spruch reinzudrehen. Daher ganz salomonisch: Du bist verdammt raffiniert und ich bin sehr clever. Abgemacht?«

»Abgemacht, klingt gut.«

Sie wusste, dass er das Gefühl hatte, dass es *nicht* gut klang. Aber sie war einfach nur froh, dass er das für sich behielt. Das machte es ihr um einiges einfacher, ihren Bruder lieb zu haben. Was sie schon lange nicht mehr nennenswert gekonnt hatte.

Nach einigen Minuten kam Clara ein Gedanke. »Kannst du bitte Max anrufen und ihn informieren, dass wir heute nicht mehr zurückkommen werden?«

»Wer war nochmal Max?«

Sie schüttelte den Kopf. »Entschuldige bitte, ich hab schon wieder vergessen, dass du dein Gedächtnis verloren hast.«

»Hm, wäre es nicht besser, wenn **du** aktuell **nichts** vergisst? Reicht ja, wenn einer von uns vorübergehend geistig abgebaut hat.«

Lady Bedfort stimmte ihrem Bruder zu und grinste. Sie beschloss, mich einfach später selber anzurufen, wenn sie in Land's End angekommen waren.

Kapitel 11

Am nächsten Tag saßen meine Frau Kali, Jill und ich auf der Terrasse unseres Hauses in Marbles Cove und brunchten. Es war kurz nach elf Uhr.

So kalt es gestern gewesen war, so herrlich warm würde der heutige Tag werden. Frühmorgens hatte ich bereits festgestellt, dass die Wiese hinter unserem Haus mit Morgentau bedeckt war. Ein ziemlich sicheres Zeichen dafür, dass es ein sonniger Tag werden würde. Und als ich beim Eindecken des Terrassentisches dann auch noch spürte, dass es absolut windstill war, gab es keinen Zweifel mehr: Dieser Tag würde ein schöner Maitag werden.

Diese Aussicht ließ mich direkt lächeln, denn ich hatte die kalten Tage gründlich satt. Irgendwie waren weder der Herbst noch der Winter sonderlich kalt gewesen, aber es hatte natürlich viel geregnet, und auch die Stürme kamen immer öfter in den letzten Jahren, während der Schnee immer öfter ausblieb.

Weiße Weihnachten hatte ich lange schon nicht mehr erlebt. Egal, wie bescheuert es die offiziellen Wetteranalysten bei uns in England hielten. Denn ich hatte nie verstanden, wieso schon eine einzelne Schneeflocke an Weihnachten reichte, um statistisch als *weiße Weihnachten* erfasst zu werden, wohingegen zum Beispiel haufenweise Schneefall bis zum 24. Dezember und somit weiße Landschaften überall als *grüne Weihnachten* eingetragen wurden, sofern an den Weihnachtstagen selbst keine weitere Schneeflocke vom Himmel herunterkam. Der geneigte Leser mag selbst entscheiden, ob er diese Tatsache irgendwie *dämlich* und typisch englisch oder irgendwie *putzig* und typisch englisch findet. Es hat jedenfalls das Zeug zu beidem.

Nun aber war die Zeit des Schnees sowieso vorbei und ich hoffte sehr, dass wir nicht stattdessen wieder einem unerträglich heißen Sommer entgegensahen. Im letzten Jahr hatten wir so dermaßen unter der Hitze gelitten, dass wir uns geschworen hatten, so schnell wie möglich eine Klimaanlage anzuschaffen. Und wie in jedem Jahr endete dieser Vorsatz am ersten nicht mehr heißen Tag im Hinterkopf und einer riesigen Kiste mit der Aufschrift *Zum kostenlosen Vergessen, nehmen Sie sich gerne etwas davon mit.*

»Hast du gut geschlafen?«, fragte ich Jill, die sich gerade ein Brötchen mit Konfitüre bestrich.

»Na klar. Wie ein Murmeltier.«

Auch ich nahm mir noch eines der Brötchen, die Kali seit einigen Wochen endlich wieder selber backen konnte.

Es fiel ihr nach ihrem Schlaganfall vor einigen Monaten zwar immer noch sehr schwer, feinmotorische Dinge wie das exakte Abwiegen von Backzutaten hinzukriegen, aber ich war eigentlich stets an ihrer Seite und unterstützte sie liebevoll, wo ich nur konnte. Und es gelang mir zum Glück recht gut, es so hinzukriegen, dass sie sich weder bevormundet noch übermäßig ihrer Selbstständigkeit beraubt fühlte. Es hatte mir in den letzten Monaten oft sehr wehgetan zu sehen, wie sehr sie darunter litt, dass die unauffälligsten Dinge in ihrem Alltag seit dem Schlaganfall zu schier unüberwindbaren Hürden geworden waren. Mittlerweile konnte sie allerdings schon wieder viele Sachen alleine machen, die vor einigen Wochen noch unmöglich gewesen waren. Die Physiotherapie, die sie regelmäßig besuchte, wirkte wahre Wunder.

»Ich bin so froh, dass es endlich wieder Brötchen gibt, Schatz«, sagte ich und küsste sie auf die Wange. »Die habe ich echt vermisst.«

Jill wollte wissen, wieso sie die überhaupt machte. Sie hatte Brötchen vorher noch nie irgendwo gesehen.

»Ich bin auch schier verzweifelt, als ich sie hier kaufen wollte«, lachte Kali. »Ich war 1991 für ein halbes Jahr in Deutschland als Austauschschülerin.

Und in meiner Gastfamilie gab es jeden Morgen Brötchen. Die hatten mir so gut gefallen, dass ich mir später von meiner Austauschfamilie das Rezept per Brief schicken ließ.«

Jill, die bei dem Wort *Brief* wie zu erwarten das Gesicht verzog, als spräche Kali von der Erfindung der Dampfmaschine, war mal wieder beeindruckt, was sie alles schon erlebt hatte.

Die Kleine hatte leider fast nur schlechte Erfahrungen gesammelt. Von ihrem 14. Lebensjahr an hatte sie fast ihre ganze Teenagerzeit in Heimen verbracht. Oder auf der Straße, wenn sie mal wieder abgehauen war.

Kennengelernt hatte sie Lady Bedfort und mich im Sommer 2014. Unser damaliges Aufeinandertreffen war eine durch und durch unschöne Situation gewesen. Nicht nur, weil Jill völlig aufgelöst in unseren Garten in Broughton getaumelt kam, weil ihr Freund Bobby, mit dem sie per Anhalter durch die Gegend getrampt war, kurz zuvor umgebracht worden war. Nein, die Situation war auch deswegen unschön gewesen, weil Clara und ich damals im Garten gesessen und die gefühlt tausendste Runde Kniffel gespielt hatten. Ein Spiel, das ich schon immer blöd fand. Egal, welche Würfelkombinationen man bei diesem Spiel auch anstrebte - gefühlt warf man doch immerzu nur *Full House*, also sowas wie dreimal 5 und zweimal 2.

Im zarten Alter von 13 nahm ich eines Tages heimlich das Kniffel-Spiel aus dem Wohnzimmerschrank der Bedforts. Auf der Oberseite des Kartons grinste einem ein Pärchen entgegen, das vor Freude schier Amok zu laufen schien, weil es gerade - quelle surprise - Full House geworfen hatte. Mit einem Filzstift malte ich dem Mann eine Sprechblase neben den fratzenhaft grinsenden Mund:

Ich glaube, meine Mutter denkt bis heute, dass ihr Mann Mortimer das darauf geschrieben hat. Und er hat wohl bis zu seinem Tod gedacht, dass sie es getan hatte.

Jill hatte damals zuerst nicht glauben können, dass Lady Bedfort so viel Verständnis für eine Heimausreißerin wie sie aufbrachte. Aber genau dieses Verständnis hatte am Ende dazu geführt, dass Jill sich meiner Mutter gegenüber geöffnet hatte. Und nebenbei hatte Clara in diesen Tagen dann den Mord an Bobby aufgeklärt. Bemerkenswerterweise hatte uns die entsprechende Spur damals in keinen anderen Ort als *Marbles Cove* geführt! Wie klein die Welt doch sein konnte.

»Worüber du wohl schon wieder nachdenkst!?«, riss mich Kalis Stimme aus meinen Gedanken.

»Kniffel«, antwortete ich reflexartig.

Jill überlegte einige Sekunden, dann sagte sie: »Ist das nicht dieses dämliche Würfelspiel? Weißt du eigentlich noch, dass ihr das gespielt habt, als wir uns das erste Mal getroffen haben?«

»Nee, das hatte ich total vergessen. Ist ja witzig«, log ich, ohne rot zu werden. Ich hatte einfach keine Lust, Jill noch mehr Futter für dumme Sprüche und Scherze auf meine Kosten zu geben.

»Ist blöd, wenn man so ein alter Typ ist, stimmt's? Alles vergisst man. Weißt du denn wenigstens noch, wann deine ebenfalls uralte Mutter zurückkommt?«

So richtig gut hatte meine Taktik, Jill keine weiteren Vorlagen zu geben, irgendwie nicht funktioniert - wie immer…

»Und? Wie geht es Emily?«, erkundigte sich Kali bei Jill.

Sie berichtete strahlend, was sie und ihre Partnerin in den letzten Tagen so gemacht hatten.

Anschließend versank ich wieder in meinen Gedanken.

Wir hatten Emily Malone erst vor einigen Monaten kennengelernt. Endlich. Denn sie war es, die sich hinter Jills neuer Beziehung mit dem ominösen Namen *Big Ed* verborgen hatte. Die beiden hatten sich in einem Chat kennengelernt und stundenlang Online-Computerspiele gespielt. Und im Laufe der Zeit war aus der Bekanntschaft mehr geworden. Das hatten wir durchaus mitbekommen, allerdings nicht, dass es sich um eine *Frau* handelte.

Na klar: *Willkommen im Jahr 2019, da ist es doch kein Problem mehr, wenn sich zwei Menschen gleichen Geschlechts lieben und diese Liebe auch offen leben.*

Aber es war im Leben doch immer etwas anderes, ob man versuchte, ein weltoffener und toleranter Mensch zu *sein*, oder ob man es im Alltag auch *war*. Ich muss sicher nicht erwähnen, dass ich vielleicht derjenige auf dieser Welt sein könnte, der sich am meisten um faires Miteinander bemüht. Ich möchte es eigentlich jedem recht machen. Und niemanden diskriminieren. Aber gerade diese Episode mit Jill und Emily hatte mich vor kurzem noch einmal deutlich erkennen lassen, dass es tägliche harte Arbeit war, niemandem blöd zu kommen.

Natürlich hatte nicht nur meine Mutter im ersten Moment sprachlos reagiert. Mir ging es genauso.

Als wir Jill bei nächster Gelegenheit alleine abpassten und sie - einem dämlichen Reflex folgend - eindringlich fragten, ob sie sich das Ganze auch gut genug überlegt hatte, brachte sie es kurz und knapp auf den Punkt: »Sagt mal, spinnt ihr? Ich habe einfach nur eine Beziehung mit einer Frau, die ich toll finde. Und die mich toll findet! Ihr klingt ja, als ob ich eine Liebesbeziehung mit einem IS-Kämpfer hätte und nun nach Syrien reisen will, um mit *Schatzi Halef Omar Ben Hadschi Abul Abbas* gegen die Ungläubigen zu kämpfen! Entschuldigt mich, ich muss jetzt mein Flugticket im Reisebüro abholen. *One Way*, natürlich.« Im nächsten Moment war sie wütend an uns vorbeigegangen und hatte das Haus verlassen.

Meine Mutter und ich hatten uns gegenseitig einige Sekunden lang ratlos angeschaut, bevor es aus mir herausgeplatzt kam: »Das hat sie bestimmt wirklich nur als Beispiel gesagt.«

»Denke ich auch!«, hatte Lady Bedfort mit demselben hoffenden aber unsicheren Tonfall angefügt.

Im Laufe der nächsten Monate las ich viele Bücher, die Jill mir per Mail empfohlen hatte. Ich merkte rasch, wie wichtig es ihr war, von uns nicht nur akzeptiert, sondern auch verstanden zu werden. Und es war eine wunderschöne Erfahrung, wie sehr Jill aufblühte, als sie diese Akzeptanz und das Verständnis tatsächlich von uns bekam.

»Denkst du bitte daran, dass du nachher den Laden aufschließt?«, fragte ich Jill.

»Ja, klar, da denke ich schon die ganze Zeit dran«, antwortete Jill in einem Ton, der klang, als ob sie bis zu meiner Frage **nicht** daran gedacht hatte.

Nachdem wir zuende gebruncht hatten, ging Jill in den Laden, während Kali und ich gemeinsam zu ihrer Physiotherapie fuhren.

Kapitel 12

Der neue Tag förderte im Haus von Archibald Milgram spannende Sachen zutage. Clara hatte sich daran gemacht, die unfassbare Menge an Müll zu entsorgen, die ihr Onkel im Laufe der Jahre regelrecht gehortet hatte. Und sie wäre nicht Clara Bedfort gewesen, wenn sie nicht kurzerhand zwei Teenager angesprochen und um Hilfe gebeten hätte, die sie am Vormittag vor dem Haus getroffen hatte. Mit einer entsprechend lukrativen Summe hatte sie die beiden rasch überzeugen können, ihnen zur Hand zu gehen. Und das war umso nötiger, da Allistair eigentlich keine große Hilfe mehr war.

Seit dem Schlag auf den Kopf am Vortag hatte er sich geschont. Und meine Mutter war der Meinung, dass das auch besser war. Wer wusste schon, was ihm sonst noch alles um die Ohren fliegen würde, wenn er in seinem Zustand durch die Rocky Mountains der Müllebenen kletterte.

Es war schon schwer genug gewesen, in diesem Haus eine Schlafstätte für sie beide zu finden. Und sonderlich wohl hatte sie sich nicht gefühlt in der vergangenen Nacht. Aber mit der Hilfe der Teenager war mittlerweile wenigstens absehbar, dass sie heute Nacht noch fertig werden würden.

Inzwischen hatte Lady Bedfort sich daran gemacht, das Arbeitszimmer meines Großonkels auszuräumen. Dabei fielen ihr die sonderbarsten Dinge in die Hand. Offenbar hatte Archibald sich sehr für Verschwörungstheorien interessiert. Sie hatte Bücher über den 11. September 2001 in der Hand, die schon vom Einband her deutlich machten, dass der Verfasser seine ganz eigenen Thesen dazu hatte, wer wirklich hinter den grauenhaften Anschlägen auf das World Trade Center gesteckt hatte. Auf einem Buch sah man eines der Flugzeuge auf die Türme zufliegen, und eine Echse winkte aus dem Cockpit heraus. Den Autor *Marc Brownice* kannte sie nicht, hatte aber auch keinen spontanen Drang, ihn näher kennenzulernen.

Es folgten noch Bücher über Enki, den Gott der Handwerker, Künstler und Magier. *Und der Gott der blöden Namen*, schmunzelte Clara beim Wegwerfen. Und auch der Wälzer mit der sicherlich unfassbar spannenden Geschichte der modernen 24-Stunden-Zeitrechnung benötigte weniger als zehn magere Sekunden, um auf den Müll zu kommen - die

Zeitspanne hätte sogar eine Sonnenuhr aus dem antiken Griechenland nicht aus dem Takt gebracht.

Meine Mutter schmiss diese Bücher auf einen Stapel im Flur, der regelmäßig von den jungen Helfern abgetragen und zum Container im Hof gebracht wurde.

Als das Arbeitszimmer ausgeräumt war, standen nur noch ein schöner Schreibtisch und ein Sekretär darin. Die Schubladen des Schreibtisches hatte sie bereits geleert und dabei wenig Aufregendes gefunden. Anders war es mit dem Sekretär.

In ihm befand sich lediglich eine einzige Sache: eine Zigarrenkiste. Clara erkannte die Marke, es war die Lieblingssorte von Archibald gewesen.

»Die hätten selbst Churchill gefallen«, hatte er stets behauptet. Sie hatte ihm erst geglaubt, später aber immer öfter überlegt, ob ausgerechnet Churchill ein guter Indikator für Qualität gewesen war. Immerhin hatte er gesoffen wie ein Loch, gequalmt wie ein Schlot und Schlaganfälle gehabt wie ein Dampfhammer einer Fabrik zu Zeiten der Industrialisierung. Aber weil Archibald so ein faszinierender Mann gewesen war, hatte sie ihn nie mit ihrem Verdacht bezüglich Winston Churchill behelligt.

Sie wollte die Zigarrenkiste bereits auf den Stapel im Flur legen, als ihr der Gedanke kam, dass diese

Schachtel vielleicht mehr war als ein bloßes Überbleibsel einiger gemütlicher Zigarren-Runden. Und als sie sah, was in der Kiste war, stockte ihr der Atem. Da sie alleine im Raum war, musste sie sich gar nicht anstrengen, um souverän zu wirken. Sie stand da, starrte in die Schachtel und schien gleichzeitig alle Regionen ihres Gehirns zu durchrasen, auf der Suche nach einer Erklärung für das gerade Gesehene.

Aber es gelang ihr nicht.

Kapitel 13

Zwei Stunden später besuchte Inspektor Gomery seine Kollegin Kali bei uns zuhause, um mal wieder nach dem Rechten zu sehen. Seit Kalis Schlaganfall und der Reha war sie nicht mehr im Polizeirevier gewesen, und er merkte, wie sehr er sie vermisste.

Eigentlich hatte er für sie beide kochen wollen, da ich an diesem Abend nicht da war. Aber Gomery hatte sich dabei so ungeschickt angestellt, dass er aufgrund einer in Brand geratenen Pfanne alle miteinander vernetzten Rauchmelder im Haus ausgelöst hatte. Einen Feuerwehreinsatz konnte er nur mit Müh und Not parallel zu seinen Löscharbeiten abwenden.

Nachdem alle Brände gelöscht waren und Kali die Kinder unter Anstrengungen versorgt hatte, saß sie mit ihm auf der Terrasse. Sie hatten soeben das letzte Stück Pizza gegessen, die sie im Anschluss an Gomerys nicht ganz optimal gelungene Kocheinlage beim Lieferdienst bestellt hatten.

»Entschuldige bitte, dass ich mich so lange nicht blicken lassen habe. Wie geht es dir?«, fragte Gomery.

Kali berichtete ihm, dass sie gute Fortschritte machte. Und die Ärzte ihr immerhin Mut gemacht hatten, dass sie wohl spätestens Ende des Jahres wieder arbeiten könne. Was zwar ein Hoffnungsschimmer war, aber für sich betrachtet einfach noch zu weit weg und damit zu abstrakt war, um es als näher rückendes Ziel betrachten zu können.

»Vermisst du mich?«, fragte sie ihn ernst.

Er hatte natürlich wie immer ein breit aufgestelltes Arsenal an möglichen Scherzantworten im Halfter, aber nachdem er erst vor Kurzem ein Buch über Kommunikation gelesen hatte, besann er sich auf die daraus resultierenden Erkenntnisse und konzentrierte sich lieber auf das Beibehalten einer ernsthaften Unterhaltung.

»Ja.« *Wow! Das Buch hat sich ja gelohnt, ich bin ja plötzlich eine richtig seriöse Labertasche*, dachte er sich, während Kali nicht einmal gemerkt hatte, dass das einsilbig war.

Sie lächelte. »Das freut mich. Ich muss wohl nicht erwähnen, dass ich dich auch vermisse?! Wie läuft es denn so?«

Gomery fasste zusammen, was in den letzten Wochen so gewesen war. Neben einigen kleineren Delikten, die Miller und er verfolgt hatten, gab es wohl auch Dutzende Begegnungen mit Mrs. Hawk, die das schöne Wetter zum Anlass nahm, um wieder öfter ihr Nest zu verlassen.

»Apropos Mrs. Hawk - hast du die Sache von den zwei Würstchen gehört?«, fragte Kali.

»Nein, nicht dass ich wüsste.«

»Du glaubst es nicht! Ich hab's von Elvis erfahren, unserem Postboten: Vor einigen Wochen hatten die Morrisons einen Fahnenmast auf dem Hof vor dem Haus eingeweiht. Es wurde auch gegrillt. Und dazu hatten sie alle Nachbarn herzlich eingeladen. Mrs. Hawk war zwar auch eingeladen worden, aber natürlich hofften alle, dass sie nicht kommen würde.«

Gomery merkte an, dass das ja wohl selbstverständlich sei - also, dass man Mrs. Hawk **nicht** dabeihaben wollte.

»Aber sie stand den halben Abend miesepetrig hinter ihrer Gardine im ersten Stock und glotzte herunter zu den Anderen. Ein Nachbar der Morrisons, der im selben Haus wie Mrs. Hawk wohnt, erzählte dann, dass sie ihn kurz zuvor im Hausflur gebeten habe, er möge ihr doch bitte zwei Bratwürstchen von der Feier im Hof bringen.«

Gomerys Miene verfinsterte sich. »Bääh! Was ist denn das für ein grenzdebiles und asoziales Verhalten! Wenn man keinen Bock auf Party hat, dann ist das halt so. Aber dann gibt's auch keine

Wurst. Ist das wirklich so eine unverständliche Gleichung?«

»Warte ab, John. Das ist nicht die Pointe der Geschichte.«

»Ich freu mich, ich freu mich«, rief Gomery aus und hätte dabei wohl nicht nur auf Experten menschlicher Regungen alles andere als erfreut gewirkt.

»Nachdem Mrs. Hawk nun also keine Wurst gebracht bekam, humpelte sie eine Stunde später zähneknirschend nach unten zu den anderen.«

»Und dann haben sie sie doch am Ballon gehabt? Na wunderbar. Da hätte man ihr vielleicht doch besser einfach zwei Würste bringen sollen, quasi als Schutzgeld.«

»Nein, besser: Sie hatte eine Frischhaltedose dabei und bat darum, ihr da zwei Würstchen reinzutun, damit sie die wieder mit nach oben nehmen kann.«

Gomery schaute ins Leere, während sein Gesicht so düster wurde, dass manch politisch Korrekter ihn in diesem Augenblick wohl des *Blackfacings* bezichtigt hätte. Ob in dem Inspektor in diesem Moment ein für allemal der letzte Rest Glauben an die Menschheit abgestorben war oder er einfach nur nicht fassen konnte, wie dreist Menschen sein konnten, war ihr nicht ersichtlich.

»Sorry, John. Aber das ist immer noch nicht die Pointe!«

»Warum nicht?«, maulte Gomery konsterniert. »Was kann denn noch Schlimmeres kommen? Hatte die alte Hexe Kuchen dabei?«

Kali lachte. »Nein, zum Glück nicht. Aber sie hatte wohl gesehen, dass auf einem Stehtisch hinter dem Grill ein Sparschwein stand, in das jeder Anwesende nach eigenem Ermessen eine kleine Spende entrichtete. Aber sie war wohl komplett unsicher, wieviel man geben sollte.«

Gomery wechselte von schwarz zu rot. Für einen kurzen Augenblick verwandelte ihn die goldene Abendsonne in die deutsche Fahne. »Was für eine scheiß Frage! *Die halbe Rente dieses Monats* wäre ja wohl das Mindeste - als Blutgeld für dieses alberne Gehabe!«

»Sie hat dann aber doch nur 4 Pfund gegeben und sich dann wieder mit den Würstchen vom Acker gemacht. Und bevor du wieder ansetzt: Auch das ist noch nicht das Ende der Geschichte. Denn am nächsten Tag sprach sie wieder ihren Nachbarn an, ob der vielleicht zu den Morrisons gehen würde, um ihr zwei der zuvor gegebenen vier Pfund zurückzuholen, denn sie war nach nächtlichem Grübeln zu der Überzeugung gekommen, dass vier Pfund für zwei Bratwürstchen Wucher wären.«

»Jetzt kotze ich gleich!«, pöbelte Gomery. »Die ist doch mittlerweile jenseits von Gut und Böse! Vier Pfund sind Wucher? Ja, beim Metzger vielleicht, aber doch schon nicht mehr im Imbiss. Und erst recht nicht auf einer geselligen Feier, bei der man **freiwillig** das gibt, was **man selbst** für angemessen hält.«

»Tja, sie hielt im Nachhinein dann wohl doch nur **zwei** Pfund für angemessen.«

»Kann sie ja auch! Aber dann denkt man das halt kurz und hält den Mund! Denn zwei Pfund mehr zu zahlen, als man eigentlich wollte, ist nun auch nicht ansatzweise die hohe Summe, die es wert wäre, deswegen nochmal so dämlich aufzutreten! Das wär ja selbst mir zu doof!«

Als Gomery dann auch noch erzählte, dass Mrs. Hawk ihm gestern mit ihrer Handtasche eins übergezogen hatte, brach Kali in schallendes Gelächter aus.

»Ja, du lachst. Ich dachte, ich bin im falschen Film! Die erstattet morgen bestimmt Anzeige gegen mich, weil wahrscheinlich ihre Eierlikörflasche dabei zu Bruch gegangen ist.«

Es wurde noch ein wundervoller Abend, und Gomery blühte regelrecht auf in dieser Rolle des Geschichtenerzählers mit bitter-sarkastischer Note.

Kali merkte einmal mehr, dass sie den tollsten Kollegen der Welt hatte. Der schnodderige Fels in der Brandung des verrückten Lebens, der aber innerhalb

von nur einer Sekunde alles Menschenmögliche für
diejenigen tat, die er mochte.

Und diese Seite von Gomery kannte vielleicht nur
Kali, egal, wie oft auch andere schon von ihr
profitiert hatten - ohne es zu merken.

Kapitel 14

Unterdessen saß ich beim Abendessen in der Wohnung von Sardar Khan. Er hatte Tom und mich eingeladen, und ich hatte dankbar angenommen, denn meine Therapeutin Dr. Davis hatte mich ermutigt, solche Dinge immer wieder zu tun, egal, wie wenig sie mich in manchen Momenten reizen konnten.

»Vertrauen Sie da nie auf ihr aktuelles Bauchgefühl, wenn Sie ansonsten eigentlich genau diese Dinge gerne tun würden.«

Und so hatte ich dem Reflex widerstanden, die Einladung direkt deswegen abzulehnen, weil ich ja noch so viel zu erledigen hatte etc. pp. Das stimmte zwar irgendwie, aber andererseits auch nicht. Denn es waren allesamt keine Sachen, die nicht auch irgendwann erledigt werden konnten. Und mit Freunden zusammenzusitzen und einen schönen Abend zu haben war nun eigentlich auch nicht die Art Konfrontationstherapie, wie sie vielleicht das

Aushalten einer riesigen Spinne auf der Hand eines Arachnophobikers war.

Sardar hatte syrisch gekocht. Für mich war es ein schöner Nebeneffekt, dass die syrische Küche generell nur wenig Fleisch verwendete und viel Gemüse einsetzte. Ich werde besser nicht mehr erwähnen, **warum** das für mich besser war, denn ich möchte keinen Leser mit meinen privaten Lebensumständen langweilen. Die klugen Leser werden es ja auch so wissen.

Es wurde auch selbstgebackenes Fladenbrot gereicht. Sardar stammte aus einer eher ländlichen Region in Syrien.

»Grundsätzlich essen wir gerne Pita-Brot, aber auf dem Land lieben wir unser Fladenbrot noch viel mehr«, erklärte er Tom und mir.

Und ich musste nicht lange nachdenken, um zu verstehen, warum das so war, denn das Fladenbrot war so dermaßen köstlich, dass ich gar nicht genug davon kriegen konnte.

Ich hatte mich auch gleich darauf einstellen können, dass Sardar als Moslem keinen Alkohol anbieten würde. Da ich ja schon seit langer Zeit keinen Alkohol mehr trank, machte mir das nichts aus. Aber zu meiner Verwunderung **gab** es Alkohol, denn Sardar war kein Moslem, sondern Christ. Das überraschte mich so sehr, dass ich dann doch ausnahmsweise Alkohol trank, als man mir Arak anbot, einen Anisschnaps. Gemischt mit Wasser und Eis wurde mir direkt ein riesiges Glas der Spirituose gereicht und ich genoss die Kombination der tollen Geschmacksrichtungen, die durch den Arak noch weiter gekitzelt wurden.

Und so war es nicht verwunderlich, dass ich bereits nach einer Stunde ziemlich betrunken war und nun auch noch auf Toilette musste.

»Im Flur hinten links«, erklärte mir Sardar den Weg und ich torkelte davon.

Während ich durch den Flur ging, brandete hinter mir schallendes Gelächter auf, denn Tom hatte gerade eine Geschichte erzählt, die wirklich zum Brüllen komisch war. Aber ich musste jetzt trotzdem, es ließ sich nicht mehr schmerzfrei zurückhalten.

Ich öffnete die Tür und war erstaunt, dass syrische Badezimmer augenscheinlich gänzlich anders eingerichtet waren als unsere europäischen. Die Wände waren voller Schwarz-Weiß-Fotos, zwischen ihnen waren rote Schnüre wie verbindende Linien gezogen und mittendrin sah ich auch Big Ben und das Parlamentsgebäude. Außerdem Fotos von Menschen, deren Köpfe durchgestrichen waren.

Schmunzelnd bemerkte ich, dass das alles Quatsch war! Das war ja gar nicht das Badezimmer. Ich hatte im benebelten Kopf die rechte Tür geöffnet. Und dahinter verbarg sich nicht das Badezimmer, sondern wohl Sardars Arbeitszimmer. Kichernd schloss ich die Tür wieder und taumelte zu der richtigen. Nachdem ich im Bad stand und abgeschlossen hatte, betrachtete ich mich im Spiegel und erschrak. Abgesehen davon, dass das eben nicht das Badezimmer war: ***Was hatten denn diese ganzen Sachen an den Wänden zu bedeuten?***

Mir wurde noch schwindeliger. Ich fürchtete, mich in etwas Falsches reinzusteigern. Aber auch nach zwei Minuten und dem angestrengten Versuch, alle Eindrücke noch einmal neu zu bewerten, kam ich auf kein anderes Ergebnis:

Sardar plante einen Anschlag auf London!

ENDE

www.ingramcontent.com/pod-product-compliance
Lightning Source LLC
Chambersburg PA
CBHW061429050726
47593CB00006B/2271